W0318109

© éditions le Réalgar, 2022

Plus personne pour aujourd'hui

Du même auteur

Nouvelles à ne pas y croire, Dialogues, 2012

Dernier avis avant démolition, Antidata, 2015

Protection rapprochée, Lunatique, 2017

Fabien Maréchal

Plus personne pour aujourd'hui

récit

le Réalgar

Tu t'attendais à ce qu'ils te la posent, cette question. Au fond de toi, tu as même un peu invité tes nouveaux voisins à te la poser. Et puis, pour être honnête, ce ne sont pas tes voisins qui sont nouveaux, mais toi, posé depuis quinze jours à Peirailles-le-Haut, d'où l'on peut partir se promener en forêt sans prendre sa voiture. Le chemin démarre au pied du château d'eau, derrière le cimetière. Ici, les morts ont de l'ombre, et les fleurs, à boire. Puis la sente se divise, d'un côté vers un champ de blé où ne restent en cette saison que des tiges coupées, de l'autre vers un ruisseau encaissé où les enfants du village ont interdiction d'aller jouer, à cause de la cascade glissante qui s'écrase trois ou quatre mètres plus bas.

« Alors, comment c'est que vous avez atterri par chez nous ? », a demandé Léon, le mari. C'était ça, la question. Léon est un retraité à moustache grise et chemise verte à carreaux de gros coton qui cultive son potager et regrette son labrador décédé l'été précédent. D'abord, tu leur souris des sous-entendus, à tes voisins.

« Comment j'ai débarqué ici ? Eh bien… on pourrait appeler ça un nouveau départ. »

Déjà, à l'époque où tu te tenais quotidiennement aux barres du métro, direction La Défense, tu rêvais d'un endroit de ce genre, une retraite avant l'heure, un ermitage pas tout à fait décivilisé. Mais tu ne l'avais pas imaginé dans ces conditions-là.

Seul.

Quand tu as dit au revoir à ta compagne et à ton fils, avant qu'ils ne franchissent le premier contrôle de sécurité, tu ne savais pas. Tu ne pouvais pas savoir, bien entendu, même si l'on ressent toujours à ce moment précis un pincement au cœur. De même qu'une île peut être éparse ou annoncer le continent, toujours la séparation, aussi courte soit-elle, porte une incertitude, la possibilité d'un retour plus lointain (ou plus proche) que prévu. D'un non-retour, même. Il suffit d'un rien. Un pneu crevé. Un embouteillage. Une grève du personnel navigant. Une entorse à la cheville. Un ski de travers. Une artère bouchée. Un acte terroriste. Une bombe atomique. Ou bien, au volant, tu passes la première et tu agites la main à hauteur de rétroviseur intérieur pour tes parents restés sur le pas de leur porte, tu leur as promis de revenir avant la fin du mois à Rozay-en-Brie, et puis une semaine plus tard, ce sont les pompiers qui t'appellent. Cela t'a fait prendre conscience que les au revoir dissimulent toujours des molécules d'adieu, et aussi qu'il n'y a pas d'âge pour devenir orphelin.

Ce soir, tu as les yeux bien ouverts – le jardin, la bouteille, les crackers, Léon et Jeanne –, mais des images sans cesse se superposent à celles du présent. L'étiquette sur la valise avec en gros les lettres ATH, le portique électronique avant la zone d'embarquement. Ta compagne. Ton enfant. Son dernier bisou humide sur ta joue. Ses cheveux en bataille. Il serrait l'ourson Ursule. Ses yeux brillaient. Il était déjà dans l'avion. Tu te souviens même du sentiment coupable que tu éprouvais à la perspective des quelques soirées de liberté plus ou moins oisives après le boulot que t'accorderait cette séparation. Sans doute allais-tu les passer à te demander ce que tu pourrais en faire. Ça ne durerait pas. Tu imaginais déjà ton fiston, une semaine plus tard, cavalant vers tes bras grands ouverts à travers l'aérogare numéro trois. Tu le ferais décoller mieux qu'en Boeing. Il jetterait ses mains autour de ton cou. Peu après, tu sentirais celles de ta compagne – ta compagne : rien que ce mot, tu l'aimais, parfois tu le prononçais pour toi-même, doux, moelleux comme un gros pull d'hiver où il fait bon se pelotonner.

Leur retour, tu en souriais d'avance.

Tu étais parvenu à te créer un petit monde au sein du monde. Une forteresse. C'était cela, ta véritable victoire sur la vie. Personne ne pouvait te prendre ça.

Comment se peut-il, alors, qu'ils ne soient jamais revenus ?

Tu ne sais pas. Ce n'est pas une figure de style. Au fond de toi, tu ne le sais vraiment pas. Le récit s'est arrêté au milieu de la page comme si l'alphabet avait cessé d'exist

Comment as-tu pu comprendre le sens des mots que tu entendais dans l'écouteur, ce vingt-trois août à vingt-trois heures dix, interrompu par la sonnerie du téléphone alors que tu faisais défiler un réseau asocial au creux de ta paume, en quête d'hélium à ta solitude ? Tu ne sais encore pas.

Voilà à quoi tu en es réduit : à ne pas savoir et à te parler tout seul. Tu te tutoies dans ta tête. Ce n'est sans doute pas grave tant que ce n'est pas à voix haute. Évidemment, c'est étrange de s'adresser à soi-même comme à un autre. Tu ne te parles pas à voix haute, mais tu grommelles souvent, sans ouvrir les lèvres. Plus, ce serait de la folie, non ? *[Conserve ce point d'interrogation.]* Parfois, on croirait que tu essaies de déloger un pépin coincé entre tes dents, et ça fait remuer ta mâchoire.

Donc, le tout dernier geste que tu auras effectué dans ta vie sans douter de sa réalité, c'est de décrocher un téléphone fixe dont tu parlais de résilier la ligne depuis six mois. Un objet du passé. Et toi : un homme d'un coup figé dans le passé par un coup de fil.

Est-ce que ce serait arrivé pareillement si tu avais résilié la ligne ? Serais-tu aujourd'hui en train de remarquer les taches jaunes sur les feuilles des rosiers, le long de la haie, dans le jardin de ta nouvelle maison ? Sur le minuscule balcon de votre appartement, rue Malher, à Paris, il y en avait trois, des rosiers en pots, qui occupaient presque toute la place, et c'est toujours ta compagne qui prenait le sécateur pour ôter les fleurs fanées. Les rosiers de ton nouveau domicile, tu n'as même pas plongé le nez dedans. Ils ont été plantés par l'ancien voisin de tes nouveaux voisins.

« Vous connaissiez bien Monsieur Levrot ? », leur demandes-tu.

C'est l'ex-propriétaire, en maison de retraite depuis huit mois. Chez le notaire, tu as vu sa fille. Vous avez à peu près le même âge. Elle portait un tailleur noir, des chaussures à haut talon. Tu l'as trouvée glaciale. D'après ce que tu as compris, le vieux est sous curatelle.

Jeanne et Léon se consultent du regard. Lui se gratte sous le menton. Ça pourrait suffire, comme réponse.

« L'était pas très causant, le père Levrot, finit-il par lâcher. Ça, on n'était pas dérangés. Y partait le matin à son travail, à la minoterie Mazier, vers Saint-Maurice, y rentrait le soir et y restait avec sa télé, et le week-end, y s'occupait de ses fleurs et d'un tas de plantes dans des bacs, que sa fille elle a tout dégagé à la benne pour mettre la maison en vente.

— Elle n'a pas l'air commode, dis-tu avec la sensation de céder aux ragots. Chez le notaire, elle a vérifié chaque ligne de l'acte de vente pour être certaine que je ne lui volais pas un euro.

— Ça m'étonne pas. Les chiens font pas des chats », dit Jeanne.

Sables mouvants. La famille. Le voisinage. Changer de terrain.

« Vous me donnerez des conseils, pour les rosiers ? Je n'ai pas trop la main verte.

— Il suffit de tailler comme il faut, dit Jeanne, et puis couper dès que le bout des branches il commence à jaunir. »

Tu la regardes plus attentivement. C'était sans doute une belle femme. Elle a des yeux gris clair. Léon l'écoute en souriant.

« Vous pouvez lui faire confiance, dit-il. Les gros rhododendrons, devant chez nous, vous voyez ?

— Oui, ils sont magnifiques, surtout le violet.

— Ce sont les plus gros de tout Peirailles. Ben, j'y ai jamais touché. On dirait qu'ils lui obéissent.

— Je vous montrerai, va, dit Jeanne. C'est l'histoire de cinq minutes.

— C'est très gentil. Merci. »

Ce mot-là, celui de la plus élémentaire politesse, tu l'as rappelé à ton fils des centaines, des milliers de fois, quand il venait de recevoir un cadeau de Pépé et Mémé, ou une boule de glace au restaurant : « Qu'est-ce qu'on dit ? » Ce même mot, comment as-tu pu l'ajouter, le vingt-trois août à vingt-trois heures dix, à la fin de l'échange téléphonique avec ton interlocuteur du ministère de l'Intérieur, et même penser avec empathie à son malaise, à sa voix mal assurée qui tentait de cacher l'impossibilité de sa tâche derrière sa fonction officielle ? Comment as-tu pu, ensuite, aller pisser, plus tard avaler un verre d'eau, dormir si peu que ce soit dans les quarante-huit heures suivantes ? Mystère. Comment as-tu pu ajouter cette image, la dernière d'eux, au contrôle de sécurité, à celle de tes parents déjà partis – mais autrement, naturellement, quoique brusquement, si tant est qu'un hôpital ait quoi que ce soit de naturel ?

Bref, comment peux-tu vivre avec (ce qui maintenant, en réalité, signifie : vivre sans) ?

Tu ne sais pas. Et avec les visions fantasmées de ce qui est advenu ? C'est une pellicule tronquée que, de toute façon, tu ne parviens pas à visionner jusqu'au bout. Générique dans le parking de l'aéroport. Tu ne figures que dans la première scène. Puis l'embarquement, l'envol. Le ciel, la mer au-dessous, et soudain – ou pas soudain, mais progressivement, avec tout le temps de se voir mour *[La pellicule ici prend feu. Le projectionniste ne trouve pas l'extincteur. La cabine brûle.]*

Comment parviens-tu à demander grâce au sentiment de culpabilité (par pitié, laisse-moi repousser ces images) ? À qui t'adresses-tu, d'ailleurs ? À eux ? À toi-même ? À un dieu inconnu ? Comment oses-tu vouloir les repousser, eux, tandis qu'ils crient à mesure que la surface de la mer se rapproche ?

Tu ne sais pas – à en défoncer les murs avec ton crâne, à te griffer la peau jusqu'au sang. Plusieurs fois, dans les premières semaines, tu t'es réveillé le matin avec des écorchures sur le corps et le bout des ongles tout rouge.

Les journaux en ont parlé. La télé. « Le drame du vol FA-1432. » Pendant plusieurs jours, en ouverture. Pas de revendication terroriste. Ni manœuvre militaire ni orage dans la zone. L'enquête piétinait. Les incendies dans le Var ont pris le relais médiatique.

Le premier jour. C'est ce que croient les gens : il faut surmonter le premier jour. Mais le premier jour n'est rien. Le cerveau n'est pas encore habitué. Il pose trois assiettes à table. Il met le réveil à 7h45 pour ne pas être en retard au centre de loisirs. Il entend le plancher qui craque dans le couloir et se dit : « Tiens, elle rentre plus tard que d'habitude ? » Le cerveau est flemmard, routinier, il est contre les réformes. Dans la rue, des mois plus tard, il cherchera encore à reconnaître les physionomies perdues, te fera presser le pas, rattraper une silhouette, vérifier contre toute logique – et puis il accusera les autres : c'était pour en avoir le cœur net. Menteur ! Le cœur saigne à torrent, mais il endure. Le cerveau, lui, nie jusqu'à l'absurde. Il se met en quête de pourquoi et de comment risibles. Tu en as cherché dans ce à quoi tu n'avais jamais cru jusqu'alors, même si tu savais que c'était stupide. Des signes annonciateurs. Des rêves. Des alarmes que tu n'aurais pas entendues. Des malaises dont tu n'aurais pas compris le sens, sur le moment.

Bref, tu as cherché, c'est bien naturel, des branches auxquelles te raccrocher, même si tu les savais pourries. Tiens, la semaine avant leur départ, il y a eu cette réunion du comité de pilotage de projet – le *copil*, pour les intimes – dans ta boîte. Le cénacle des visionnaires, au sein duquel tu avais été admis trois ans plus tôt, en même temps que tu avais gagné un bureau individuel (champagne !).

Vous étiez dix autour d'une table ovale imitation acajou, et la lumière du projecteur lançait des reflets sur les appuie-têtes en cuir noir des fauteuils. Tu présentais une stratégie produit disruptive. Disruptif, c'était le *keyword* de la saison, comme « agile » l'année précédente et « collaboratif » auparavant. La salle de réunion était plongée dans la pénombre et tout le monde assis, sauf toi, car tes projections Powerpoint détaillaient comment votre client allait niquer profond la concurrence sur le marché des barres de céréales énergétiques. Évidemment, tu ne formulais pas les choses aussi trivialement. Le *prospect*, ça s'enjôle. Tu parlais de fluidifier les rapports avec les prescripteurs pour mieux pénétrer le marché. Tu parlais de se montrer ferme sur les valeurs tout en resserrant les liens. De position dominante. De frapper fort. De créer des attaches, de fouetter les ventes.

Tu as posé sur la table ovale le stylo que tu faisais tourner entre tes doigts depuis le début de la réunion avec décontraction. Soudain, tu as eu l'impression que ce stylo trahissait ta nervosité. Pourtant, tes collègues t'observaient avec sérieux, si ce n'était avec admiration. Tu avais ce côté beau parleur, un mètre quatre-vingts avec un costume gris foncé qui tombait juste, tu étais encore hâlé de votre quinzaine en Normandie avec ta compagne et ton fils, en juillet (les pique-niques sur la plage, les averses quotidiennes, le ramassage des coquillages en chantant *À la pêche aux moules* comme une baleine, les châteaux de sable dont vous regardiez l'écroulement à la marée montante, assis sur le sable, tandis que le soleil s'effondrait lui aussi dans l'océan), et tu as conclu en faisant sauter – tu as même claqué des doigts – les appréhensions de la cible.

La lumière est revenue. Tes *slides* se sont mués en fantômes sur l'écran, avant qu'il ne remonte au plafond.

« Merci pour cet exposé, a conclu ta *pédégère*. Tout cela est très excitant. »

Le projecteur s'est éteint. Tes fantômes se sont évanouis. Tandis que tu te rasseyais, Foucher, le directeur financier, a murmuré quelques mots qui semblaient très amusants à l'oreille de Mertens, le directeur marketing, ton supérieur direct, dont tu n'osais t'avouer que tu lorgnais le fauteuil. Tu as ressenti un vide, comme lorsqu'on achève quarante tours de stade à la course. Peut-être qu'à force de mouliner des mots-prétextes, ils perdent de leur impact, même quand on les range dans l'ordre prescrit. Bah, seul l'avis de la *pédégère* comptait réellement, et elle t'avait félicité, n'est-ce pas ?

Tu as desserré ta cravate. Hugues a pris le relais, dans le style terne qui caractérisait ton voisin. Ce grand dadais avait hérité du bureau à côté du tien, ce qui t'avait vexé un brin. Ton bureau était bien plus spacieux, mais tu avais espéré un voisinage de plus haut calibre, qui aurait indiqué indirectement la valeur du terrain que tu occupais. Hugues avait pour mission de redorer l'image de l'industrie française de la canne à pêche dans les milieux économiques. Palpitant… Il a bafouillé à plusieurs reprises avec des postillons, sans cesse penché sur ses notes qu'il trifouillait en quête de chiffres qu'il aurait dû connaître par cœur. Pas une flèche, pas méchant non plus, résultats potables. Hugues, quoi.

En sortant de la réunion, tandis que les autres se dispersaient dans l'interminable couloir à moquette rouge sombre, Fouchard et Mertens te sont passés devant.

« Tu as mis le paquet, a dit Fouchard avec un rire égrillard.

— Un vrai charmeur de CSP+ », a ajouté Mertens.

Vous êtes tous les trois partis d'un rire faux, merci les gars, ici c'est *winners* et bonne humeur. Hugues est resté seul dans la salle de réunion avec la *pédégère*. Lui a-t-elle annoncé : « Ne vous gênez pas pour envoyer des CV ailleurs » ? Possible. Tu avais le ventre noué et de la sueur sous les aisselles, mais, comparé à Hugues, tu étais le roi du pétrole. Penser à lui te remontait le moral. Cependant, une partie de toi était restée à l'intérieur, avec lui. Peut-être que tu te trompais, et que la *pédégère* et ton voisin te taillaient un costard. Comment savoir ?

Le soir, à l'appartement, tu as chipoté ton steak saignant.

« Ça a été, au travail ? », a-t-elle demandé.

C'était un mardi. Quatre jours plus tard, elle allait décoller avec lui, direction la Grèce. Lui, il engloutissait ses frites (chacune le rapprochait dangereusement des trois feuilles de salade qu'il devrait ingurgiter avant de quitter la table).

« Non, non, ça va, as-tu répondu, en te rendant compte de ce que cette phrase comportait de bizarre. J'ai eu une réunion interminable cet aprèm', j'avais une satanée envie de pioncer !

— Fallait te coucher plus tôt !, s'est-il écrié avec une lueur vengeresse dans les yeux.

— Toi, mange tes crudités. Mais ça s'est bien passé. Presque trop bien, je ne sais pas.

— Tu t'inquiètes sans doute pour rien. Qu'est-ce que tu leur as dit de si terrible ?

— Pfff… Des tableaux, un plan promo, tu sais, et puis j'ai casé les prières classiques, pénétrer le marché, fouetter les ventes…

— Tu leur as dit ça ?, a-t-elle demandé en souriant.

— Oui, la *big boss* a même trouvé ça excitant. »

Ta compagne était fière que tu travailles dans une entreprise dirigée par une femme. Et jalouse, évidemment.

« C'était plutôt un plan por… », a-t-elle dit, mais n'a pas achevé, car votre fils vous regardait de travers. Les gamins ont le nez, ils sentent quand les parents oublient une seconde leur présence et sont prêts à balancer des secrets d'adultes sans s'en rendre compte. Ils se tassent sur leur chaise, plus un geste, alors que deux minutes avant ils ont renversé leur verre de limonade sur la nappe, et schlac !, comme un caméléon, ils chopent un mot, une phrase au vol.

« Papa, ça veut dire quoi, un plan pormo ? »

Elle t'a regardé, et vous êtes partis d'un éclat de rire.

« Ben quoi ?

— Mais rien, mange ta salade.

— Tu dis toujours ça quand vous rigolez tout rouge avec Maman. »

Tu savais ce qu'il ressentait. Comme toi devant les messes basses de Mertens et Fouchard.

« Un plan promo, bonhomme, c'est une espèce de campagne de publicité, pour convaincre les gens de s'intéresser à un produit.

— Pour qu'ils l'achètent ?

— Ben, oui, sinon je ne sers à rien.

— Et si les gens ils achètent pas, tu perds ton travail ?

— Ça peut arriver, mais ne t'en fais pas, je ne crains rien.

— Pourquoi ? C'est toi le chef ?

— Non, mais je crois que mon chef m'apprécie. D'ailleurs c'est une cheffe. Ta salade.

— Et pourquoi c'est pas toi le chef ?

— Je n'ai pas très envie d'être chef.

— Pourquoi ?

— Parce que je rentrerais tous les jours tard, je dormirais mal et on aurait moins de vacances ensemble.

— Ha… »

Il a mâchouillé une feuille verte, distraitement, sans même s'en apercevoir.

« Mais tu aurais une plus grosse voiture.

— Tu sais, moi, les grosses voitures… Déjà que pour garer la Megane dans le quartier, c'est la croix et la bannière…

— C'est pas vrai ce que tu dis.

— Tu crois ?

— Tu pars même pas en vacances avec nous. »

Il s'est levé et est allé se poster ostensiblement sur les genoux de sa mère. Tu as eu envie de chialer. Il avait raison. Vous aviez eu deux semaines ensemble, mais ton fiston et ta compagne allaient repartir sans toi. Huit jours, mais sans toi. Enfin, rester seul une semaine ne t'effrayait pas. Au contraire. Mais ils seraient en vacances et pas toi.

« Écoute, j'ai cinq semaines et demie de vacances par an. J'en ai déjà pris deux en juillet. Ça t'a plu, la Normandie, non ? »

Plu, c'était le mot. En réalité, il avait flotté la moitié du temps, mais tu avais déjà réécrit l'histoire.

« Oui, oui…

— Il faut que j'en garde pour Noël, pour le ski, tout ça.

— Ben, si t'étais le chef, t'en prendrais quand tu veux, des vacances. »

Merveilleuse logique de l'enfance, qui n'y comprend rien et qui a raison quand même. Peut-être. Tu ne savais plus trop, à ce moment-là. Parfois, tu avais l'impression de comprendre ton enfant mieux que toi-même. Tu avais envie qu'il soit sur tes genoux à toi, et que vous partiez tous les trois en vacances, ensemble, sur un tapis volant. N'empêche, dès que mère et fils auraient décollé, tu comptais bien t'avachir devant un DVD avec des chips et une bière, voire avec un pétard, et te réveiller le dimanche à pas d'heure avec la tête dans le cul et devant toi un grand vide à combler avec du néant. Le pied, quoi.

Plus tard, sur l'oreiller, elle t'a demandé :

« Ton plan, là…

— Mmmm, oui ?, as-tu soufflé, tout à ton début d'érection.

— C'est vrai que ça fait ça.

— Ça fait quoi ?

— Porno. Créer des attaches. Fouetter les ventes. Il manque un truc dans ta vie ?

— Mais pas du tout !

— Tu veux qu'on en parle ? »

Ton érection est aussitôt retournée à la niche. Quand sa main s'est posée sur ton sexe, elle a commenté d'un « Mouais » tes explications sur la fatigue due à la réunion, mais tu ne t'es pas endormi avant une heure du matin.

Ça, un signe avant-coureur ? Des foutaises, tu le sais. Vraiment ? C'est juste que, si les choses avaient été différentes ce jour-là, elles auraient peut-être été différentes le vingt-trois août. Puis le premier jour d'après. Qui, bizarrement, était encore le vingt-trois août. Comme celui d'encore après. Une ligne de démarcation. Toute ta vie d'un côté d'un point de non-retour et, de l'autre, ce jour précis. On pourrait se croire au pays encore. Puis chacune des journées suivantes t'enfonce un peu plus profondément en exil.

Ceux qui affirment que, en tel cas, on ne sait plus bien soi-même si l'on est vivant ou mort, cèdent à la facilité. Oh oui, que tu étais vivant le vingt-trois août, le premier d'entre eux et tous ceux qui ont suivi pendant des semaines et des mois ! Tu l'étais même atrocement. Juste parce que tu l'étais.

Comment, alors, as-tu composé avec tes proches, avec ton cousin qui habite Berlin, avec ton frère marié-trois-enfants-prof-d'histoire-à-Bordeaux, avec ta belle-famille ? Tu ne sais pas. Eux non plus, peut-être. Vous avez composé, c'est tout. Qui a envie d'en savoir plus ?

Ton téléphone portable a un peu sonné. Condoléances. De la famille éloignée. Quelques amis. Tu pensais que vous en aviez plus.

Ton téléphone fixe aussi a un peu sonné.

« Je m'appelle… Je suis journaliste à… »

Tu as raccroché, arraché la prise et, te retenant à la dernière seconde de le balancer par la fenêtre, tu as jeté l'appareil à la poubelle.

La police a également appelé.

Le directeur de cabinet du sous-préfet.

La cellule de soutien psychologique.

Ton téléphone portable a aussi beaucoup, beaucoup, beaucoup trop pas sonné. Tu as reçu des lettres, des courriels éplorés. Même un texto à peine honteux de ce biais.

Une publicité de la banque pour une assurance-vie. Mais, s'il sonnait, ton téléphone t'inspirait haine et épouvante.

À chaque sonnerie : un mur.

À chaque moment de silence : un mur.

À chaque mur : la tentation de s'y fracasser la tête.

Et des murs partout.

Tu as commencé à perdre tes cheveux par poignées.

Cerise sur le gâteau : cinq jours ouvrables de congé au boulot. *[Penser à apporter les actes de décès au service des ressources humaines.]*.

Huit jours après, en descendant de l'appartement de la rue Malher pour prendre le métro, tu t'es aperçu que tu avais pensé à te laver et à changer de vêtements tout seul pour retourner au bureau. Sans qu'on te le dise. Grand garçon ! Cerveau mollusque agrippé au rocher d'hier.

Station Saint-Paul, ligne 1, direction La Défense. Tu avais les yeux gonflés ; les autres passagers aussi – mais de sommeil. Et si le tunnel cédait, du côté de Châtelet, et que la Seine s'y engouffrait, noyant la rame ?

Couloirs, ascenseur, troisième étage, ouverture des portes.

Pôle Premium Markets.

L'appréhension s'est dissipée en quelques minutes. Tu n'as pas eu de posture à adopter en traversant l'*open space*. Des têtes baissées sur leur clavier. Deux, trois sourires à ton endroit, avec la figure grave. Tes collègues avaient l'air plus embarrassés que toi. Tu étais quoi, toi ? Gêné de leur imposer ton drame. De perturber la bonne marche de l'entreprise. Tu te demandais à quel point tu étais légitime en ton malheur.

Hugues, le grand sec du bureau d'à côté, a passé une tête dans le tien. « Tu veux qu'on déjeune ensemble ? »

Vous n'étiez pas particulièrement proches, avant. Tu le trouvais banal avec ses chemises bleues, ses cravates marron (quel manque de goût !), son déficit de *fighting spirit* lors des réunions commerciales. Limite boulet.

« Non, je te remercie, je préfère aller marcher un peu dehors.

— Comme tu veux. Tu n'hésites pas à taper à mon bureau, okay ? »

Le lendemain, Hugues a entrebâillé ta porte :

« Tu viens prendre un caoua avec moi à la cafèt ? »

Tu as accepté. On ne peut pas dire non sans arrêt. Vous avez discuté des affaires courantes. Naguère, tu n'aurais pas parié un kopeck sur Hugues pour rédiger un contrat d'entretien de locaux à poubelles d'office HLM, mais depuis cet épisode, tu peux te targuer d'avoir rencontré un type courageux dans ta vie. Peut-être l'un de ces anonymes effacés qui ne parlent pas malgré les tenailles de la Gestapo.

Parce que les autres : perdus. Naufragés. Apeurés par toi. Bonjour, au revoir. Point barre. Pour éviter d'avoir à te parler, sans doute prétextaient-ils que ce n'était pas le moment de te déranger.

Jusqu'au jour où tu t'es résolu à manger avec le reste du service à la cantine interentreprises, temple du mine-de-rien. Tu étais un naufragé du *Titanic* écopant dans ton canot de sauvetage et, au milieu du tohu-bohu, des alignements de tables et des carottes râpées, tu leur en voulais à tous ces matelots en sursis de s'entasser là, renonçant à l'expédition de leur vie. Bétail en batterie, serré, encagé, pressuré, mécanisé par informatique, mais un minimum en sécurité. Ça te semblait horrible. Tu avais donc été comme ça, avant ?

Tu avais désormais l'impression d'objectiver le lot commun. Alors que, très honnêtement, qu'avait-elle de commun, ta situation ? Tu avais envie de te lever, de monter sur la table et de leur hurler à tous :

« Ne vous contentez pas d'exister ! Vivez contre la mort ! »

Dommage : tu ne te sentais plus la force de t'appliquer ce principe à toi-même. Tu te disais que toi, tu avais une excuse. Mais voilà, chacun se trouve une excuse, s'imagine partout des icebergs.

Bref, tu as continué. Comment ? Tu craignais plus de connaître la réponse que le jugement d'autrui : tu survivais par faiblesse plutôt que par force. N'importe qui aurait vu dans ta résilience, pour employer un autre mot à la mode, un motif de fierté. Tu *challengeais* le destin. Reprenais le *lead* de ton *process* vital.

Mais continuer, c'est toujours en partie continuer comme si de rien n'était. Cette trahison infligée aux tiens te rendait honteux. Et la honte, on la garde pour soi. C'est ce qui t'empêchait de leur hurler leur renoncement à la figure, à tous, en pleine cantine, et même à la boulangère de ta rue. Ils ne t'auraient *[L'incendie s'étend. L'aérogare. Le projectionniste s'enfuit. Le portique de sécurité. Le décollage. L'étincelle dans le moteur. Les spectateurs tentent de s'échapper en se marchant les uns sur les autres. Au-dessous, la mer]*

Tu n'es pas le seul dans ce cas. Il y a d'autres pères, d'autres conjoints. Des enfants, des mères, des sœurs, des frères, des grands-parents, des amis. Certains d'entre eux habitent à Paris, à Tours, à Chartres, à Béziers, dans des villages. Tu les as vus lors de la cérémonie officielle d'hommage, à l'aéroport Charles-de-Gaulle.

Jamais tu n'avais rencontré autant de gens qui t'étaient aussi étrangers et aussi proches à la fois.

Pourquoi n'as-tu pas rejoint leur collectif qui exige une enquête indépendante, des responsables – en somme, des raisons et des têtes ? Cela, tu t'en doutes. Par épouvante de l'attente quotidienne d'un nouvel élément d'information, manière d'illusion que, non, il ne s'est rien

Un grognement dans l'air, au loin. Tu renverses la tête en inspirant l'odeur un peu sucrée du chèvrefeuille qui court sur la clôture en grillage, entre ton jardin et le pré adjacent – ta maison est quasiment au bout du village. Des abeilles y bourdonnent encore sur les fleurs blanches en langue de serpent. Au-dessus de chez tes parents, à Rozay-en-Brie, passait un couloir aérien de Roissy. L'été, par temps clair, avec les traînées de condensation des moteurs, le ciel ressemblait à la toile d'une araignée cubiste. Mais, ici, rien. Tu l'as vérifié avant de venir t'installer à Peirailles. Le week-end précédent, un bruit de tondeuse à gazon t'a fait lever les yeux, et tu as aperçu un ULM. Les dangers s'engouffrent par les yeux. Après le décès de tes parents, la simple vue de certains panneaux te serrait la gorge. Pompes funèbres. Cimetière. Hôpital. Notaire. Avec le vingt-trois août, ça a été différent. Tu ne pouvais plus regarder en l'air. Un jour, au square, quand il avait cinq ans, ton fiston t'avait demandé : « À quoi ça sert, le ciel, papa ? » Des pigeons étaient passés devant vous, et il avait aussitôt trouvé la réponse de lui-même : « Je sais ! C'est pour faire voler les oiseaux. »

Et les avions, bonhomme, et les avions.

Après le vingt-trois août, le ciel était condamné. Si un coin d'azur s'introduisait par effraction dans ton champ de vision, toujours il était armé de la traînée caractéristique d'un avion – ou de son clignotement régulier, si c'était la nuit. Il t'a fallu lentement réapprendre à regarder le ciel comme quand, enfant, on se force à ouvrir les yeux dans le noir pour se prouver que l'on n'a pas peur des monstres. Tu as passé une année entière sans ciel, avec des murs partout. On t'affirmerait aujourd'hui que tu l'as vécue dans une cellule psychiatrique, bourré de médicaments, sans t'apercevoir de rien, tu serais prêt à l'admettre. Puis encore une année.

Les voisins suivent ton regard. De maigres voiles de chaleur tapissent l'horizon. Et c'est à nouveau le mois d'août. Le grognement se rapproche, s'éloigne, revient. Peut-être un camion dans les virages de la départementale. Rue Malher, vous aviez mis six mois après votre installation pour inviter vos voisins de palier, et, au bout d'une heure, la conversation patinait déjà. Il n'y avait pas eu de seconde fois.

« Ça a bien cogné, cet après-midi, dit Léon.

— Plutôt ! J'aurais pu faire cuire un œuf sur le capot de ma voiture. »

Aujourd'hui, tu as monté une étagère en kit dans la salle de bains. Par la fenêtre ouverte, tu entendais le meuglement des vaches dans la ferme qui se trouve à cinq cents mètres, presque au milieu du village. Torse nu, tu vissais. La sueur te dégoulinait sur les sourcils et te piquait les yeux. Tu sentais l'ampoule en train de se former dans ta paume à force de serrer le tournevis. Il existe une satisfaction dans l'accomplissement d'un travail manuel qu'aucune présentation

Powerpoint n'offrira jamais. L'impression d'accomplir quelque chose de juste, peut-être.

« En soixante-seize, pendant la sécheresse, j'étais encore jeune, dit Léon, des gamins ils ont foutu le feu au pré, juste là derrière.

— Il y a eu des dégâts ?

— C'était pour jouer, qu'ils ont dit. Parlez si les pompiers ça les a pas fait rigoler.

— J'imagine…

— Le fils à Lefebvre, il avait tellement la trouille de revenir chez le paternel, il a passé deux nuits dehors, y buvait l'eau à l'abreuvoir. Et quand il est rentré, il a pris une telle rouste qu'il est pas ressorti pendant deux semaines.

— C'est quand même pas des façons de faire », dit Jeanne.

Tu ne sais pas si elle parle de mettre le feu à un pré ou de coller une raclée à un gamin, mais tu comprends que tes voisins ont sans doute passé toute leur vie au village. Jeanne et Léon ont dû se connaître dès la primaire. Tu trouves cela horrible et émouvant à la fois. Serais-tu jaloux, du haut de tes quarante-deux ans, d'un couple qui n'en a pas loin de soixante-dix ? Avant le vingt-trois août, l'idée t'aurait paru incongrue – qu'il puisse y avoir une cruauté à se trouver assis au jardin avec des retraités.

Au loin, le grognement s'éteint dans une quinte de toux. Un tracteur, en fait. Comment s'appelle la ferme, déjà ? Les Gargouilles ? Les Gargots ? Tu as trop à retenir, en ce moment. Les cartouches d'encre dans ton cerveau sont vides.

« Il est parti dans le Nord avec une femme qu'il avait rencontrée, dit Léon sur le ton de qui se rappelle un coup du sort.

— Qui ça ?

— Lefebvre. On n'a plus eu de nouvelles, après.

— Bah, dit Jeanne, laisse donc monsieur tranquille avec ces histoires, ça ne l'intéresse pas.

— Oh si. »

Tu ne dis pas cela par simple politesse. Tu prends plaisir à entendre la chronique du village. Cela te donne l'impression de reconstituer celle que tu n'as pas vécue, sans avoir pour autant à te sentir démesurément concerné. Tu picores les anecdotes à ta guise.

« C'est marrant, dis-tu, j'essaie de me souvenir de ce que j'ai bien pu commettre comme grosse bêtise quand j'avais cet âge…

— On a tous chipé des pommes, dit Léon.

— Moi, non. J'avais trop peur du chien du voisin. Je n'ai pas cramé de champ non plus.

— Bé, sans vous flatter, dit Jeanne, ça se voit que vous avez de l'éducation.

— Allez savoir… », dis-tu, en te demandant si la bonne éducation consiste essentiellement à ne pas faire de vagues.

Tu aurais bien aimé incendier un champ, juste pour voir.

Et ton fils, quel a été sa plus grosse bêtise ?

Tu ne trouves pas non plus.

Vous l'éduquiez trop bien, tu appelais ça ta « vision des choses », mais la vision des choses n'est sans doute que le surnom que nous donnons à notre orgueil, et maintenant tu t'en veux. Tu étais sans cesse en train de le rappeler à l'ordre. Attention, avec le ballon ! Tu t'es bien lavé les mains ? Tes devoirs, ça en est où ? Mets le casque quand tu prends le vélo ! Tu attends le bonhomme vert pour traverser la rue !

Il était sage. Trop. Tu aurais dû l'inciter à faire plus de conneries. Surtout, tu aurais dû faire des conneries avec lui. Lui montrer comment s'y prendre pour réaliser une belle connerie, de celles dont on se souvient dans ses vieux jours. Une connerie qui fait date.

Ou bien non. Juste le laisser imaginer ses conneries. Sinon, ça n'aurait plus été ses conneries à lui.

Tu souris.

Puis tu ne souris plus. Tu te rends compte que, pendant une seconde, tu as oublié qu'il était mort. C'est peut-être la première fois.

« Nous, poursuit Jeanne, on n'a pas fait des grandes études comme tous les jeunes de maintenant.

— Bah, fait Léon, laisse donc la reine d'Angleterre là où qu'elle est, t'as pas besoin d'elle. »

Ce n'est pas le premier compliment que Léon adresse à Jeanne. Il y a déjà eu les rhododendrons géants ; et c'est elle aussi qui écrit les courriers à l'administration, car « elle sait y faire » ; et à la télé, bien des fois, si elle avait participé à leurs jeux débiles, elle en savait plus que les candidats, qu'est-ce qu'on aurait gagné ! Sans parler de ses talents de cuisinière et de sa maison toujours bien tenue.

C'est bourru, limite sexiste, mais sans aucun doute sincère de la part de Léon, et tu trouves cela touchant. Tu ne sais pas si un campagnard aux sourcils chenus peut encore être amoureux, ni même ce que signifie l'amour pour lui. Mais, indéniablement, Léon a encore beaucoup d'affection pour Jeanne. Tu estimes cela enviable, à leur âge, cette sérénité qu'ils dégagent ensemble. Tu es jaloux, en somme.

Il y a aussi leur gentillesse inattendue à ton égard. Tu ne t'étais même pas posé la question mais, d'un coup, tu en es certain : ils savent, pour toi – pour le vingt-trois août.

Comment l'ont-ils appris ? L'acte de vente a été signé chez le notaire à trente bornes d'ici. Évidemment, dessus, il est précisé que tu es veuf, mais ni le notaire ni la fille Levrot ne serait allé répéter à tes nouveaux voisins que…

Tu ne deviendrais pas parano, des fois ? Jeanne et Léon ne savent pas et sont tout bonnement gentils au naturel.

Oui ? Non ? Une question sans réponse en plus. Tu ne sais plus sur quel pied danser. Voilà, tu es toujours en train de te casser à moitié la gueule, maintenant, et tu as l'impression que les gens ne voient plus que ça : ce type est bancal – bancal du corps, bancal du cerveau.

Comment ne pas le devenir ? Comment, concrètement, as-tu pu trier, ranger, vider la moitié de l'appartement (les deux tiers), donner, jeter dans des sacs-poubelle noirs de cent litres, déposer les jouets de ton fils sur le trottoir ? *[À qui les offrir, sinon ? Qui laisserait son enfant jouer avec les jouets d'un enfant mort ?]* Dans les dix minutes surgissait une camionnette blanche rouillée, d'où sautaient un petit homme basané et une grosse femme avec d'épaisses jupes bariolées. Le trottoir était de nouveau vide.

Tu préfères ne pas trop penser non plus au peu, au très, très peu que tu as conservé et dans lequel, le visage ruisselant, tu t'es jeté certains soirs comme l'alcoolique se noie lorsque le dernier verre sauve et tue à la fois.

Ce très peu se trouve dorénavant dans un carton, dans la chambre d'amis, dans ta nouvelle maison.

Le scotch du carton est déchiré, mais les rabats restent fermés. Tu n'es pas allé au bout de ton geste.

Depuis ce déménagement, tu marches au-dessus d'un vide. Sur un filin, sans filet. Vas-tu tomber ? Curieusement, cela ne t'effraie qu'à moitié. Existe-t-il une autre rive que celle que tu as quittée ? On t'a soufflé que oui. Des livres, des psychologues. Des proches. Tu as senti autour de toi cette conspiration de l'après, qui te suggérait (« pour ton propre bien ») ce que tu devais éprouver et comment tu vivrais ensuite : d'abord, *sans* ; bien sûr, *sans* ; hélas, *sans* ; mais tu n'y pouvais *plus rien*, n'est-ce pas ?

Toi, tu entendais : *sang*.

Tu retenais : *rien*.

Tu pensais à cette façon dont rien devient subitement tout. À cette capacité du vide à emplir tout l'espace de cerveau disponible.

Voilà bien ce qui menace de te faire sauter la cervelle. L'aspiration interne sur les parois de ton crâne, qui voudrait s'effondrer telle une concentration stellaire de matière inerte, trop massive pour se soutenir elle-même, après quoi tout se condense quasiment jusqu'à l'infini en un espace minime, colossalement pesant.

Les scientifiques appellent cela une singularité. Parce que : seul.

« Il faut te reconstruire », te disait-on. Comme après un séisme qui aurait effondré ta maison. Mais reconstruire sur quoi ? Le terrain lui-même avait été englouti. La rue Malher, peut-être même la Terre entière, ne serait plus jamais un lieu sûr. Sous ton crâne, ils mourraient à nouveau chaque jour, et ils n'en finissent toujours pas de mourir.

Les répliques surviennent n'importe quand. Comment savoir si les psys, les proches, les livres que tu refusais de lire avaient raison ? Si ce n'est en avançant sur le filin, au risque de la chute. Aux premiers temps, ce qui t'a retenu était aussi cela : se laisser couler aurait été injurier ceux qui avaient coulé pour de vrai. Sûrement que ta place était plus enviable.

Tu ne te donnes pas le droit de penser que non. Alors tu avances sur le filin.

À vrai dire, rien de tel que la routine pour dissoudre l'extraordinaire. Le quotidien est un bain d'acide. Il brûle les chairs. Blanchit les os. Réduction en poudre.

En rien.

En ton vide.

Ton absence au monde.

Le leur.

Tu pensais que votre petit univers à trois – ta forteresse – reposait largement sur tes épaules, tes compétences, ton assurance. Tu t'aperçois que non. Nous croyons que les autres ont besoin de nous pour une seule raison : parce que c'est nous qui avons besoin d'eux. En vérité, c'est sans doute toi qui reposais sur eux deux.

Alors, que te reste-t-il à leur raconter, à tes nouveaux voisins ? Que tu achetais chaque année le Goncourt à ta compagne ? Qu'on mange bien en hôtel-club à Bali ? Que Delanoë et Hidalgo, on en pense ce qu'on veut, mais ils ont quand même remis Paris sur les rails après Chirac et Tibéri ? Que les *millenials* sont des éponges à pub ?

Quant à ce qui t'a conduit à choisir ces lieux entre monts et vaux – le calme, la vue sur la Roche aux Dames –, ce n'est pas à tes voisins que tu vas l'apprendre. Mais peut-être qu'il n'y a pas besoin de parler tout le temps non plus, qu'on peut avaler des bretzels sans bavarder à la mitraillette.

Tu te fous de pas mal de choses, maintenant. Tu as décidé définitivement de lâcher ton boulot quand tu t'es rendu compte de l'énergie folle que tu dépensais à feindre que tout allait bien – avant même le vingt-trois août –, alors que, au fond, tu n'en avais juste rien à foutre. Encore fallait-il que tu parviennes à l'admettre. Mais, ce soir, tu n'en as pas rien à foutre. Tu n'as pas envie de commettre d'impair avec tes voisins. C'est à peu près tout ce qui conserve un sens, là, dans le jardin.

Tu sers une deuxième tournée à Léon. Jeanne avance la main au-dessus de son verre. Ils observent le jardin à moitié en friche, comme s'ils attendaient qu'un autre invité surgisse des herbes. Comme s'il manquait quelqu'un. Peut-être toi. Avant le vingt-trois août, cela ne te dérangeait pas de parler de ta personne. Tu n'étais pas orgueilleux, non, mais pas mécontent de toi. Ta compagne, ton gosse, ton métier, ton appart' (la déco chic du salon, exotique de la chambre), tes déplacements professionnels (en avion, parfois). Tes lectures. Tu avais diminué ta consommation de viande rouge. Le changement climatique te préoccupait. Tu cochais toutes les cases. Et là, devant un couple de retraités dans leur cambrousse *[Dis donc, c'est aussi la tienne, maintenant !]* tu as le sentiment de ne plus rien avoir à raconter. Rien que tu veuilles raconter. Le projecteur s'est éteint, le Powerpoint s'est effacé. Ne demeurent que les ombres de ta compagne et de ton fils, comme cette silhouette sur un mur, à Hiroshima.

Voilà, un peu, pour les heures du jour.

Et puis, vient la nuit.

Comment fais-tu, quand tu hurles dans tes rêves, quand tu te réveilles en craignant d'avoir aussi réveillé…

Ah, mais non… Ah, mais non…

Mais non.

C'est encore pire de ne pas l'avoir réveillée.

Comment, soir après soir, résous-tu la peur de l'obscurité qui rampe et grignote ? Elle submergera Peirailles dans moins de deux heures. Comment supportes-tu de demander à ta compagne et à ton fils pourquoi ils viennent apparaître dans tes rêves, alors que vous savez pertinemment, eux, toi, qu'ils ne sont plus là, que vous ne pouvez plus être réunis en un même lieu ?

Comment fais-tu quand il apparaît là, devant toi, sa tête qui arrive à ta poitrine, alors que tu sais très bien que tu dors mais que lui ne le sait pas ?

Tes bras se referment sur rien.

Lui ignore qu'il n'est pas réel. Tu sais, avant même de te réveiller, qu'il ne se réveillera pas avec toi. En général, c'est à ce moment-là que tu hurles. Même en dormant encore, tu comprends que tu ne parviendras pas à l'attirer assez fort à toi afin de le sortir de ces limbes.

Comment peux-tu te pardonner cette faiblesse ?

Comment pourrait-il te la pardonner, lui ?

Hé bien, si, les enfants pardonnent. C'est toi qui ne parviens pas à t'absoudre. De les avoir laissés monter dans cet avion.

Sans compter qu'à la vérité, le pardon ne change rien. Le pardon n'a aucune espèce d'importance.

Matin après matin, pendant des mois, tu as petit-déjeuné avec ton impuissance. Seul le thé passait. Le solide, tu le vomissais dans la cuvette des toilettes. Parfois, avant même de l'atteindre. Tu n'en pouvais plus de la nuit, et lorsque le jour se levait, sa lumière te terrorisait.

Plus tard, tu piétinais dans la queue, à la boulangerie. Tu avais de la bile dans la gorge. Les autres clients ne remarquaient pas que tu te tordais par terre, martelais le sol, brisais la vitrine en verre à coups de poing, que tu répandais ton sang et le leur. Jamais tu n'as pu crier aussi fort que tu aurais voulu crier fort. La preuve, tu te tenais plus ou moins droit dans la file, tu avais même dit « Bonjour » en passant la porte électrique coulissante.

« Une baguette aux céréales, s'il vous plaît. »

Tu n'aurais plus eu besoin que d'un tiers, mais tu ne voulais pas te résoudre à cet aveu. Pendant près de neuf ans, tu avais demandé une baguette bien cuite six jours sur sept. Ensuite, pendant près de deux ans, tu en as jeté les trois quarts six jours sur sept.

Si ce n'était que cela…

Mais ses joues à lui.

Sa main dans la tienne.

Ses doudous orphelins.

Ses jeux inventés aux règles incompréhensibles aux adultes.

Ses rires inouïs, absolus, d'enfant immortel.

Non, cela, non.

Alors comment as-tu réussi, quinze jours après ton installation à Peirailles, à proposer trivialement à tes nouveaux voisins de venir prendre l'apéritif afin de lier connaissance, puis à remplir trois verres de vin cuit (ce qu'on boit par ici) ? Tu t'en doutes à moitié. Par politesse, par convention, par peur de rester seul. Parce qu'ici aussi, isolement naguère refuge de tes rêves, la Bête gratte à la porte.

« Un nouveau départ », as-tu donc expliqué à Jeanne et Léon. Ça sonne bien. Positif. Crédible. Aller de l'avant. Comment enclenche-t-on la marche arrière du temps ? Tu ne sais pas. Sans doute qu'il n'y en a pas, c'est pour ça.

« Vous travaillez dans quoi ? », demande Léon, que tu as déjà vu poussant le motoculteur dans son potager.

Tu expliques que tu étais un genre de publicitaire. Mais les tours de La Défense, dressées telles des boîtes à sardines verticales, tu en as soupé, ce n'est plus pour toi.

Jeanne a les cheveux plus blancs que son mari. Tu ne l'as jamais aperçue autrement qu'en blouse de cuisine à fleurs – du genre qu'on ne vend plus que sur les marchés ou dans des catalogues. Jeanne et Léon. Ils sont nés au milieu du siècle précédent mais portent des prénoms qui reviennent à la mode. Il y avait un Léon, la dernière année, dans la classe de ton fils.

« Vous avez-t'y de la famille dans l'pays ? », demande Jeanne.

Ton verre reste un instant entre table et lèvres. Ta famille, tu ne sais pas où elle se trouve. Éparpillée. Très littéralement. Où ? Tu ne sais pas. *Là-bas*. Quelque part. En mer. Certains demandent dans leur testament qu'on y disperse leurs cendres. C'est sans doute ce que tu demanderas pour toi. Dans la même mer. C'est idiot, bien sûr, mais que peux-tu imaginer de mieux qu'un symbole idiot ? S'il t'apporte le moindre réconfort, est-il tellement idiot ?

Ça monte lentement à ton cerveau. La voisine a ajouté : « dans l'pays » (elle a prononcé « paï »).

Ouf !

« Non, mais j'ai toujours eu envie de campagne. Le coin

me plaisait. J'ai traversé la région en revenant d'une mission dans une filiale de mon ancienne boîte. C'est aussi bête que ça… Et puis… Des événements ont… L'occasion s'est présentée. Un plan de départs dans mon entreprise. Un coup de tête réfléchi, si vous préférez. »

Ça tient debout. Tu as trouvé le ton. Des « événements » qui offrent « l'occasion », ça balaie large. Tu as aussi fui la pollution. Marre de bouffer de la particule fine comme l'aboyeur au Bal des débutantes.

Les voisins n'en demandent pas plus. Ils ne fouinent pas, même si ça n'empêchera pas les on-dit, plus tard, au village (à Paris, on se gêne moins côté questions personnelles, et ça n'interdit pas les ragots féroces dans le dos). Tu dois reprendre la main.

« Et vous, racontez-moi un peu, maintenant que nous sommes voisins. Vous devez sacrément bien connaître la région.

– Pour sûr. »

Les cousins du hameau de Longeveau, la bru qui est la sœur de la femme du maire de Grapeille (c'est son deuxième mandat), le boucher du Verdois qui a la meilleure viande du canton, le manque de pluie (« En août, la sécheresse jamais n'amène la richesse », assène Léon, quoique l'essentiel des récoltes soit déjà moissonné), les impôts (ça, on en trouve partout), le téléphone coupé les soirs d'orage, mais leur petit-fils leur a offert un portable pour Noël, un appareil à clapet avec de grosses touches, qu'ils exhibent, ne pouvant exhiber le petit-fils, il habite à trois cents bornes de là, du côté de Lyon, expliquent-ils, moins pour la précision géographique que pour signifier : on le voit rarement – ce à quoi tu acquiesces sans un mot.

Tes nouveaux voisins ignorent encore jusqu'où ils peuvent aller avec toi. Chaque chose en son temps. Tu as emménagé dans un habitat, dans un temps, dirait-on, où des dictons ont encore force de loi. Surtout, on n'aborde pas la politique. Mais quand même :

« On en a vu, des hippies, des qui croient qu'habiter par ici c'est toujours les vacances, dit Léon. Bah, ils repartent aussi vite qu'ils sont arrivés, ou bien ils font leurs courses au supermarché. Tout juste s'ils disent bonjour quand on les croise au village. Madame Bontoux, l'ancienne couturière, qui habite en face de l'église, elle en a une famille à côté de chez elle, deux gamins en prime, eh bien, elle ne sait toujours pas comment c'est chez eux, si vous voyez ce que je veux dire. »

Tu vois parfaitement. Ils t'accordent un bon point pour l'apéro, mais tu ne leur as pas proposé d'effectuer le tour du propriétaire. Tu es en observation, comme à l'hôpital avant le diagnostic. En réa.

Tu n'as jamais mis les pieds dans un service de réanimation, ni en tant que patient ni en tant que visiteur. Maintenant, tu te dis que tu aurais aimé. Six lits, pas plus, des paravents entre chaque, une armada de moniteurs bipant à qui mieux mieux, traçant des courbes bleu clair ou vertes sur des écrans quadrillés. On perçoit plus de bips que de silence. Chaque dixième de seconde entre un bip et le suivant n'est qu'angoisse.

Donc : surtout pas de silence.

Tant qu'il n'y a pas de silence, il y a de l'espoir.

Des tuyaux, aussi. Beaucoup, qui sortent des corps, y pénètrent, y font goutter des liquides nutritifs, stimulants, anti-infectieux. L'air est imprégné d'une odeur de désinfectant. Partout ailleurs, dans l'hôpital, dans les chambres et jusque dans les couloirs, ça sent le pipi et l'encaustique. Palier après palier, c'est l'assaut du sale et de la maladie, le Verdun permanent de la médecine. Ici, dans la poche de résistance de la réa, c'est le propre et le tout pour le tout.

Si ça foire, c'est qu'il n'y avait vraiment plus rien à négocier avec la Fauche. On aura tout tenté. Tout.

Tu ne sais pas comment tu peux imaginer cela. Désirer cela. Si : pour l'espoir. Pour avoir connu l'espoir. Même si la fin avait été la même. Pour avoir connu une minute d'espoir. Une main encore vivante dans la tienne. Même une main inconsciente. Un cœur qui bat. Tu sens monter les larmes.

Comment oses-tu ces pensées ? Tu as parfois du mal à situer ce que tu peux t'autoriser ou pas, ce qui est admis ou non, même en secret. Au nom de quoi te crois-tu permis d'imaginer cela – une salle de réa, une main vivante dans la tienne ? Peut-être au nom de la consolation à laquelle chaque être humain a le droit. Devrait avoir le droit. De temps à autre. Une salle de réa pour soupape : est-ce trop demander ?

Tu ignores à quoi ce que tu as traversé (les « épreuves », te dit-on) te donne droit en termes

… d'anormalités comportementales sur la voie publique

… de pensées troubles

… de déviance sociale

… de violence physique gratuite exercée contre autrui

… de violence physique exercée à ton encontre

… de laisser-aller vestimentaire

… d'alcoolisme solitaire

… de saleté (pourquoi se doucher ? pour qui ?)

… d'insanités proférées

à voix basse / à mi-voix / à voix haute /

en vagissant entre deux hommes en blanc qui te ceinturent…

Souhaites-tu réellement le savoir ?

Tu ne peux pas ne rien savoir, et une part pitoyablement voyeuse de ta personnalité cherche à savoir.

Donc, comment ne plus savoir ?

Eh bien, tu ne sais pas. Chien dément qui tourne en rond et se mord la queue.

À tout le moins, comment faire pour que ça se taise en dedans de toi ? Comment se taire en dedans du crâne ? Tu l'ignores, et tu ne le cherches même pas tellement. Le mutisme intérieur n'est pas encore à ta portée – comme autrefois, à Paris, les soirs où, en allant te coucher, ton cerveau ne voulait pas cesser de mouliner, et tu ne trouvais pas le sommeil avant une heure du matin. En outre, tu en es encore à ce stade où tu aurais l'impression, en vidant ton cerveau, de les tuer une seconde fois.

Donc, ça ne se taira pas de sitôt.

Tu remarques que tes nouveaux voisins te regardent.

Est-ce qu'ils t'ont posé une question ?

Est-ce que tu as eu un regard de fou ?

Es-tu muet depuis une minute ?

Trois ?

Pas cinq, tout de même ?

Si ?…

Non, bien sûr. C'est toi qui, à force d'avoir peur, finis par t'effrayer de ton ombre.

« Excusez-moi, dis-tu, je pensais à autre chose.

— De là-bas ? », demande Léon, en penchant doucement la tête.

Il y a là une délicatesse que tu n'attendais pas, une imprécision pleine de bienveillance qui te laisse toute latitude pour répondre. Dans son « là-bas », il y avait : « ce que vous avez laissé là-bas ». Pour un homme qui n'a jamais vécu que dans son village, quitter son domicile, ce doit être mourir plus qu'un peu. En outre, ils ont plus de vingt-cinq ans d'avance sur toi, question âge. Malgré les tours de La Défense, tes études à Sciences-Po, ton grand voyage à Bali, à leur façon, ils en ont vu bien plus que toi.

Tout à l'heure, était-ce à propos du boucher de Peirailles ?, qu'est-ce qu'a dit Jeanne, déjà ? Ha, oui : « Parfois, il ouvre un peu tard. Ça signifie que la veille au soir, il a baigné le Petit Jésus. »

Jolie façon de désigner une cuite. Elle n'a pas précisé pourquoi le boucher se saoule, mais n'en a pas ri non plus. C'était noté sans méchanceté, comme on respecte les drames que l'on ne juge pas. Aussi, Jeanne avait dit, encore un peu avant : « À l'époque où sa dame tenait la caisse », et Léon avait commenté : « La roue du destin tourne plus vite que celle du moulin. »

Une fois de plus, tu réponds à contretemps, et tu en ris toi-même.

« Oui, ha, ha. Je veux dire, je viens d'arriver. Parfois, j'ai encore un peu la tête là-bas. Mais quand j'étais là-bas, avant de déménager, il paraît que j'avais tout le temps ma tête ici, alors…

— Ha, c'est pas toujours facile, compatit Jeanne, mais on y est bien, vous verrez. »

Tu lui souris. Tu les envies. C'est vrai qu'ils sont gentils. Tu devrais leur demander s'ils ont des enfants, ça leur ferait plaisir. Ce que tu es bête ! S'ils ont un téléphone portable à grosses touches, c'est qu'ils ont un petit-fils, et s'ils ont un petit-fils, ils ont forcément eu au moins un enfant. Mais, à tous les coups, ils te retourneraient la question. Que comprennent-ils de tes mots, de ton attitude ? Une idée générale, sans doute. Tu es venu en célibataire, n'est-ce pas ? Ça en dit déjà bien assez long.

Ils se lèvent.

Il existe un temps pour cela aussi. Le temps de prendre congé, mais sans partir encore. Les minutes du pas de la porte. Pour renfiler son manteau, si la météo le justifie. Pour se remercier mutuellement – de nous avoir invités, d'être venus, pour ce que vous avez servi, pour ce qu'on vous a apporté. La politesse repose sur un temps que l'on ne compte pas. Dès que l'on compte, cela devient de la relation sociale.

« Le vent, y tourne au sud, remarque Léon. Quand j'ai ouvert les volets, ce matin, il était encore à l'ouest. Ça pourrait bien amener de l'orage. » Vous restez tous les trois pendant une volée de secondes à chercher un nuage gris dans le ciel. Il ajoute : « Souvent, ça pète dans la nuit. Si ça se trouve, demain, y faudra enfiler les bottes.

— Bah, de la pluie, ça ne ferait pas de mal », dis-tu, récitant ce que tu crois être le catéchisme du bon sens paysan. La religion, ce n'est pas ton truc, les idées préconçues non plus, mais il faut reconnaître que ça aide à amorcer des liens, tout comme, ailleurs, se déclarer adepte de l'Olympique de Marseille, d'AC/DC, de la peinture informaliste de Nicolas de Staël (surtout vers la fin), ou de vieux vosne-romanée. Tu les accompagnes jusqu'au portillon métallique qu'il faudrait repeindre. Sa teinte orange, difficile de déterminer si c'est un reste de la couleur d'origine ou de la rouille. Tu évites d'en saisir le montant, tu le tires toujours par la poignée. Léon se retourne pour un dernier coup d'œil.

« C'est vrai qu'il n'y a plus d'antenne sur le toit, observe le voisin.

— Oh, je ne regarde pas trop la télé, réponds-tu, et maintenant, tout ça passe par Internet. Je ne dis pas que le débit est formidable, par ici, mais ça me suffit amplement. » Tu sens bien que les questions de débit les laissent de marbre. « De toute façon, je préfère la radio. On peut bricoler en même temps.

— Moi, je l'allume toujours le matin quand je suis dans la cuisine, dit Jeanne. Le midi, on met la télé pour le journal à Pernaut ».

Tu corriges intérieurement – le journal de Pernaut –, mais tu t'en veux de cette arrogance intellectuelle déplacée.

« À propos, dit Léon, vous avez vu, aux informations ?

— Non, quoi ?

— L'accident, là, en Russie, avant-hier. Les pauvres gens… En plein sur la montagne.

— Non, je n'ai… », bafouilles-tu, en te sentant partir à nouveau loin, avec une couche de glace sur les yeux.

Ils ne remarquent rien.

« Parlez que là-bas, ils volent encore dans des coucous, la moitié ils datent de sous Brejnev, enchaîne Léon, alors faut pas s'étonner si ça se casse la figure plus souvent qu'à son tour. Bon, on ne va pas vous déranger plus longtemps…

— Vous ne me dérangez pas. J'étais ravi.

— Oh, vous devez être sacrément occupé, un gars comme vous. »

Tu ne sais pas ce qu'il s'imagine. C'est bien simple : par ici, un Parigot, c'est soit une feignasse droguée, soit un mutant du labeur. Mais ça a toujours les mains trop blanches. Quoi que tu entreprennes, même en ouvrant un troquet place de l'Église, même en devenant correspondant local de *L'Oltois libéré*, en achetant dix hectares de terres, en intégrant la coopérative agricole, en apprenant le patois et la bourrée, il te faudrait des années avant d'être accepté pour un type normal – soit un peu moins de temps qu'il ne t'en faudra à toi pour te considérer à nouveau comme un type normal. Si jamais tu y parviens.

Vous vous serrez la main.

Tu sens que tu leur souris. Ça te fait mal aux joues. Tu n'avais plus l'habitude.

« Un jour, dit Jeanne en entortillant le devant de sa blouse entre ses doigts, venez donc manger la broucarde à la maison.

— Avec plaisir, j'adore ça. »

Tu n'as pas eu à te forcer pour l'affirmer. Le lendemain de ton déménagement, pour te récompenser d'avoir défait l'armée des cartons, tu t'es offert la spécialité régionale dans une auberge référencée sur le *Guide Vert*. Ça ressemblait à tous ces plats paysans qui mélangent des bas morceaux avec force légumes et bouillon cuits et recuits, que l'on déguste avec du pain au levain et le lourd pot en grès de moutarde à l'ancienne au milieu de la table, et bien sûr le pichet de vin rouge de pays. Tu n'avais plus autant mangé ni pris de plaisir à manger depuis le vingt-trois août. C'est pour passer au vingt-quatre que tu as atterri là, à Peirailles. Et maintenant que tu t'y trouves, tu comprends qu'ici aussi, ça pourrait bien être le vingt-trois pour toujours. Peut-être que, pour toi, ce sera le vingt-trois août à vingt-trois heures dix partout sur la Terre jusqu'à la fin des temps. Mais au moins auras-tu essayé de forcer les aiguilles de l'horloge.

Les voisins laisseront sans doute passer une quinzaine avant de t'inviter pour la broucarde. Ce soir, vous vous êtes reniflés. Chacun regagne son terrier. Tu ne serais pas étonné si, d'ici deux jours, Léon venait pour t'emprunter, mettons, une clef à molette, non pas par besoin (des clefs à molette, il en possède sûrement de toutes les tailles dans sa cabane de jardin), mais pour le prétexte de te saluer (« Et comment ça va l'installation ? Encore des meubles à monter ? »), de discuter cinq minutes et de lancer une innocente blague entre hommes (« Ma femme, elle vous a trouvé bien sympathique, l'autre soir. Mais à notre âge que nous avons, hein, je vais pas me fâcher ! »). Une complicité facile, à laquelle il sera malvenu de ne pas répondre. Tu ne devras te montrer ni trop leste ni trop prude ; tu devras complimenter Jeanne – et Léon par la même occasion –, suggérer sans le dire que si madame avait ton âge…, mais que, houlalala !, tu ne t'y risquerais pas, tu comprends bien que, même à près de soixante-dix ans, monsieur Léon pourrait devenir chatouilleux. Il faut tourner ces choses avec plus de précaution qu'une mousse au chocolat, sinon ça finit en eau de boudin.

« Vous saluerez votre épouse de ma part, et vous lui direz que sa petite proposition n'est pas tombée dans l'oreille d'un sourd… Dès que j'ai un peu de temps… »

C'est bien trouvé, ça : « Sa petite proposition ».

Léon rigolera. Jeanne sera fière que tu n'oublies pas sa broucarde. Du temps, tu en disposes autant que tu en veux, mais il ne faudra pas donner l'impression de pousser à la roue.

Pour l'heure, tu serres la main à Léon, et aussi, doucement, à Jeanne. Ils ne sont pas de la génération qui se claque la bise sans se connaître. Ensuite, ils ont cent mètres à parcourir sur le trottoir lézardé. Cent mètres, c'est l'espace qui sépare vos maisons. De ton côté : de l'herbe roussie, un pommier reinette chétif, des rosiers attaqués par l'oïdium le long de la clôture de gauche et un chèvrefeuille ensauvagé sur celle de droite. Du leur : le potager où une muraille de haricots à rames dissimule les grosses boules rouges des tomates cœur-de-bœuf dans un carré de paillis. Il faut avouer, ça a de la gueule. Tu te sens stupide avec tes boîtes de conserve achetées à la supérette du bourg d'à côté. Tu te promets de rendre visite au boucher qui baigne le Petit Jésus, et deux secondes après tu décides que non lorsque tu comprends que ce serait avant tout une curiosité malsaine qui t'y pousserait. Qu'éprouverais-tu, toi, si le boucher venait s'accouder à ton portail ? Ça existe, les gens qui prennent leur voiture pour se rendre sur les lieux d'une catastrophe survenue à trente bornes de chez eux rien que pour renifler l'odeur intime de la mort et du désespoir.

Ils sont partis. Tu rentres. Tu fermes à clef pour laisser le reste du monde là où il est – dehors. Tu nettoies les verres. Puis tu tournes en rond. Les bretzels de l'apéro t'ont à moitié coupé l'appétit. Le maigre contenu de tes placards t'en coupe l'autre moitié.

Le séjour est à peu près aménagé, ta chambre et la salle de bains aussi. Mais la pièce censée te servir de bureau et la chambre d'amis demeurent à l'état de fouilles archéologiques. Quand tu as acheté la maison, tu voulais la chambre d'amis exactement pour ce que ça désigne (et peut-être pour te convaincre qu'il t'en restait, des amis). C'est seulement une fois installé que tu as compris pourquoi tu l'avais voulue. Ce n'est pas une chambre d'amis, non. C'est la seconde chambre. Celle où ton fils aurait pu être. Celle de l'illusion que tu auras chaque matin, quand tu te lèveras, que cette autre poignée pourra s'abaisser sans que tu y touches, parce que dans cette pièce, derrière cette porte, il y aura

Tu envisageais cette seconde chambre comme une nécessité pratique. Erreur. Il aurait fallu une chambre invisible, qui n'apparaîtrait qu'au cas où un ami ou un cousin te rende visite.

Il n'existe pas de bonne solution.

À chaque fois que tu passeras devant cette pièce, sa porte sera un coup de poignard que tu te seras infligé tout seul. Or tu passeras devant plusieurs fois par jour. Et puis, peut-être un soir, dans six mois, dans dix ans, tu t'apercevras que tu auras dépassé cette porte en pensant pour de vrai à autre chose. Peut-être.

Pour précipiter ce jour, pour échapper à la malédiction de la porte, il n'y aurait que l'oubli absolu. C'est une tentation. Jeter les dernières traces. Les dernières photos avec elle. Le collier de jade que tu lui avais offert pour ses trente-cinq ans. La dernière peluche qu'il a touchée parmi celles restées à la maison. Ce n'était pas son doudou préféré, car celui-là est parti avec lui – l'ourson Ursule, avec qui il voulait se marier quand il avait quatre ans. Dispersé avec lui. Il racontait qu'Ursule avait promis de ne jamais le quitter. Ursule a tenu parole. C'est ton unique réconfort. Il est avec Ursule. Il n'est pas absolument seul. Maman est là, avec lui, aussi. Et voilà, ça y est, tu as tenté de résister, mais tu te remets à chialer, debout, les mains appuyées sur l'évier, fixant le vieux robinet col-de-cygne. Tu savais que ça finirait comme ça, tu renifles en poussant des couinements, et tu t'en veux de t'être laissé faire. Un hoquet remonte du fond de ton ventre. Tu donnes un coup de poing contre l'inox de la cuvette. Tu as envie de frapper quelqu'un, quelque chose pour te soulager, mais tu ne trouves que toi à qui faire du mal.

Tu essuies tes larmes dans le torchon à vaisselle, avec la tentation de murer les souvenirs, de te forcer à mépriser le passé au nom de ta liberté de vivant. Vivre requiert une part d'égoïsme. L'erreur, c'est justement de la qualifier d'égoïsme. Il faudrait jeter tous les souvenirs, les photos. Mais si, plus tard, tu en venais à regretter ton geste, sur quoi te resterait-il à pleurer, sinon sur toi-même ?

Alors il y a ce carton. Dans la chambre d'amis. Jusqu'à présent, tu as résisté à la tentation d'en soulever les rabats. Pendant ce temps, à l'intérieur du paquet, tout s'imprègne de l'odeur de carton et perd celle de ton appartement. Votre appartement. Ton appartement à toi seul depuis deux ans. Depuis après le notaire.

« Je ne vais pas vous le cacher, ce sera long, peut-être très long. »

Tu ne savais plus qui te parlait. Était-ce le notaire concernant les procédures administratives ou le psychologue que tu as consenti à voir, non pas parce que tu le voulais bien, mais parce que tu n'avais pas la force de refuser ? Tu as même accepté ses cachetons. Tu t'es dit, dans un éclair de lucidité qui t'a toi-même estomaqué : « Ces gens sont fous. Ils me prescrivent exactement ce dont j'ai besoin pour une tentative de suicide. » Des pilules en pagaille.

Pourquoi pas un couteau, des lames de rasoir, une corde !

Cela participait-il du traitement ? Affronter des substances dont tu savais qu'elles pouvaient te tuer, mais prendre sur toi de t'en servir pour guérir. Guérir… Ton fils aurait sûrement commenté : lol. Ça t'énervait, son vocabulaire de SMS. Maintenant, y penser te déchire le ventre.

Donc, tu as pris des cachets.

N'importe comment. Certains jours, pas d'autres. C'était ta façon de montrer que tu n'étais pas dupe, ne te soumettais pas. Évidemment, tout le monde s'en contrefoutait, de ta petite résistance aux champs d'honneur. De toute façon, tu n'as jamais eu la force d'être libre au point de tout avaler d'un coup.

Il t'en reste, des cachets.

Pas dans l'armoire à pharmacie.

Dans un autre carton.

Tu as décidé en arrivant ici que c'en était terminé.

Tu entraperçois désormais ce que tu n'aurais pas pu concevoir voilà encore six mois : qu'il ne s'agit pas de cesser d'avoir mal pour ensuite repartir du bon pied, mais d'apprivoiser juste assez la douleur, la peur, la culpabilité, le néant pour pouvoir envisager

[Veuillez sélectionner dans la liste ci-dessous. Plusieurs choix possibles :
– une contribution associative ;
– une promenade à vélo (précisez : moins de 5 km ; entre 5 et 10 km ; plus de 10 km) ;

– une sortie au cinéma ou au théâtre (merci de vérifier les disponibilités dans votre région avant de valider ce choix) ;
– un concert de rock (non disponible. Vous vouliez de l'isolement, vous en avez) ;
– planter un potager (à la mi-août passée ?) ;
– un projet professionnel (précisez dans quelle branche se pendre) ;
– l'adoption d'un animal de compagnie (chien ? chat ? poisson rouge ? cafard ?) ;
– une relation sexuelle (vous êtes sérieux ?) ;
– une relation affective (choix non disponible actuellement) ;
– un enfant

— Nous n'avons pas compris votre réponse —

– un voyage à l'étranger (précisez le mode de transport ; attention, certaines options ne sont plus disponibles) ;
– la reprise de contact avec des amis (précisez : avec ceux qui ne vous téléphonent plus ? avec ceux à qui vous ne téléphonez plus ?) ;
– mieux : inviter pour de vrai un ami dans la chambre d'amis pour qu'elle devienne une chambre d'amis et plus une chambre de torture (décrivez la moue de l'ami recevant l'invitation. Craindra-t-il plus de passer le week-end avec un mort-vivant, ou de culpabiliser s'il ne vient pas vous soutenir ?)
– autres (vous étiez payé pour avoir de l'imagination, naguère, non ?)]

Tu as déjà franchi une étape. Tu as suffisamment apprivoisé ta douleur pour quitter Paris et t'installer ici, perdu sur les coteaux de Peirailles. Pourtant, on a tenté de t'en dissuader. Tes beaux-parents (tu ne leur as pas téléphoné depuis ton déménagement, il faudrait envoyer au moins une carte postale). Un ancien collègue qui cachait sa peur de te parler derrière sa bière lors d'un *afterwork*. Le psychologue, lorsque tu as envisagé cette éventualité devant lui. C'est la dernière fois que tu as accepté de le rencontrer. Tu évoquais un projet, tu pensais qu'il allait te féliciter : « Bel effort ! Une remarquable rémission ! Je l'évoquerai lors du prochain Symposium des psychothérapeutes de l'ouest parisien ! »

Eh bien non.

« N'est-ce pas encore un peu tôt ? » Voilà tout ce que cette enflure avait trouvé à te répondre. « Je ne conteste pas votre idée sur le fond, mais n'est-ce pas un peu… ? »

Un peu ferme ta putain de gueule pleine de merde !

Tu as volontairement oublié le rendez-vous suivant. N'as plus répondu aux relances du secrétaire. Décrochais puis laissais le factotum s'époumoner « Allô ? Allô ? » comme s'il craignait que tu te jettes du quatrième étage combiné en main. Et tu raccrochais. Clic.

Les envoyer balader, même par omission, a peut-être été le premier plaisir que tu t'es permis depuis le vingt-trois août. Est-ce ainsi que les praticiens jugent de l'efficacité de leur traitement ? Tu les imaginais bien :

« Ha, cher collègue, vous savez, ce patient difficile dont je vous avais entretenu ? Eh bien, la semaine dernière, il m'a proprement envoyé sur les roses et a insulté mon assistante.

— Félicitations. Vous êtes un bienfaiteur de l'humanité ! Moi, la patiente qui a perdu ses trois enfants dans un incendie me donne encore du "Merci, docteur". Je suis à bout de ressources.

— Si seulement on pouvait coller des claques aux malades.

— Des coups de pied au cul, oui !

— Qu'ils se battent entre eux jusqu'au sang dans une arène !

— Voilà où serait le progrès. »

Envoyer paître un psychologue, un déménagement, un carton interdit : voilà ce à quoi peut se résumer la dernière année de ta vie. Celle qui constitue ton solde de tout compte.

Les familles de victimes d'attentats, on les filme déclarant face caméra : « Il faut continuer. Sinon, on laisse gagner les salauds. » Cette phraséologie t'incommode. Le demi-mensonge. « Il faut. » En vérité, devant sa télévision, on a moins l'esprit citoyen que l'envie de retourner boire un coup en terrasse et de taper du pied au concert. Seulement, on ne peut pas s'empêcher de placer l'envie sous la tutelle de la morale. Dans un monde cruel, la joie n'est-elle pas résistance ? Et ta propre expérience condamne ton opinion par avance. « C'est le choc, vous comprenez. Il est prisonnier de sa douleur. Syndrome de Stockholm. »

Allez vous faire foutre ! Le psy, la morale.

Ne pas être d'accord, c'est retrouver ton pouls après l'avoir vainement cherché pendant des mois à ton poignet. Jusqu'au vingt-trois août, tu le trouvais toujours en deux secondes, juste sous ta montre. Du jour au lendemain : disparu. Pendant quasiment un an. Même ton médecin avait du mal à le repérer. Il était tombé en dessous de cinquante, et ta tension dépassait à peine neuf. Tu ne portais plus de montre non plus. Il n'en aurait pas fallu beaucoup pour que tu te croies, toi aussi, aboli. Un spectre.

Les fantômes ne portent pas de montre, ne mesurent pas leur pouls. Ils ne font que traverser. Ne pas être d'accord, en somme, ça a été pouvoir à nouveau se cogner aux autres. Tu retrouvais un soupçon de matérialité. Le martèlement du ventricule s'accorde au clocher du village, qui sonne de huit heures du matin à vingt-deux heures (pas à vingt-trois, non, tu t'en es rendu compte avec soulagement le premier soir de ton installation, parce que tu n'avais pas pensé à vérifier jusqu'à quelle heure sonnait le clocher). Ce carillon te signifie moins l'heure que le lieu où tu habites maintenant. Vous n'entendiez pas de clocher, rue Malher. C'était une voie étroite, et tout le monde croyait qu'elle honorait le compositeur (mais non, lui, c'est Mahler).

Rue Malher, personne ne connaît, par ici, mais si tu précises : « Ça donne sur la rue de Rivoli », les gens du coin ont l'impression que *France Dimanche* et *Ici Paris* ont débarqué dans tes valises, si ça se trouve, tu connais même des ministres et des acteurs américains.

Cependant, te contenter de ne pas être d'accord ne te mènera pas loin. Par exemple, tu peux autant que tu veux ne pas être d'accord avec la disparition de ta compagne et de ton fils, ça ne les ramènera pas. Puisque tu as déménagé, il va aussi falloir te remettre à être d'accord, au moins un petit peu. Tu as invité les voisins. Un bon point. Tu devrais aussi commencer à démarcher des entreprises locales avant qu'un conseiller de Pôle emploi ne t'étrangle.

Donc, tu pourrais tenter d'être à nouveau d'accord sur certains points, sans être non plus d'accord comme après un attentat avec les télés, le ministre de l'Intérieur et l'hommage de la Nation (d'ailleurs, tu as eu le droit aux trois lors de la cérémonie officielle à l'aéroport Charles-de-Gaulle, enfin, pas toi en particulier, mais les familles des victimes du crash, enfin, non, pas vraiment elles, plutôt les victimes, c'était un hommage aux victimes, bref, on s'en fichait un peu de ta personne, et quant aux victimes, elles se fichaient bien du ministre de l'Intérieur). Tu peux aussi ne pas être d'accord avec le fait de devoir choisir un camp, chercher ton pouls, agir comme si vivre était un devoir national – nul ne t'en voudra tant que tu vis et ne casses pas les pieds aux autres avec ta détresse. Les deux solutions sont acceptables, au fond : si tu vis, tu seras courageux, mais tu n'auras bientôt plus droit à la demi-mesure (tu dois tourner la page) ; si tu ne vis pas, nul ne te jettera la pierre, mais pas sous un train s'il te plaît, ça retarde le trafic, ne sois pas égoïste.

Soit tu ressuscites entièrement, soit tu meurs pour de bon. Il ne tient qu'à toi.

Cela ne t'arrange guère. Ta compagne n'est plus là pour te guider dans les décisions épineuses. Et puis, c'est comme avec la super glue : on peut recoller ensemble deux morceaux d'une assiette ébréchée, on apercevra toujours une lézarde au milieu.

Tu finis par manger. Du liquide. Une soupe en brique. Du mou. Un steak haché. Une banane.

Pendant plus d'un an, après le vingt-trois août, tu as perdu le goût des choses, au sens propre. D'autres, en pareille situation, ont paraît-il les cheveux qui blanchissent d'un coup. Toi, le goût a disparu. Les cachetons n'ont pas aidé. Ils anesthésient les sens.

« Il faut manger, te disait ton médecin. Il faut nourrir votre métabolisme. »

Toi, autrement dit, on s'en tapait un peu. Il était médecin, son boulot, c'était d'assurer le fonctionnement d'un métabolisme. Pour ce qui concernait l'intérieur de ton crâne, l'un de ses confrères avait pris les choses en main avec le soutien sans faille de l'industrie pharmaceutique. Est-ce le métabolisme qui a permis au crâne d'envoyer paître le psy ? Eux deux savaient peut-être ce qu'ils fabriquaient, au bout du compte, le psy et le médecin. Tu t'en fous.

En tout cas, ce soir, tu as absorbé un repas à peu près équilibré. À ta place, tout le monde ne réussirait pas cet exploit. Victoire sur rien. À quoi sert de l'emporter sur rien, c'est-à-dire uniquement sur soi ? Tu ne vas pas te lancer des fleurs, chanter *La Marseillaise*, t'interviewer *[« Quel exploit ! Avez-vous beaucoup travaillé le mental avant de saisir la grande cuiller ? »]*, décortiquer ta performance *[« Hé bien, j'ai ajouté du lait dans la soupe, pour le calcium, je prends les repas les uns après les autres, il n'y a pas de petits adversaires. »]*

Fut un temps incommensurablement lointain – plus de deux révolutions terrestres autour du Soleil ! –, l'emporter sur rien, c'était te sentir un peu ridicule à emprunter chaque jour la bétaillère du métro afin d'aller travailler, c'était commenter autour d'une table avec d'autres types à chaussures cirées des graphiques qui ne valaient même pas qu'on se torche avec, c'était rehausser le signifié d'une com' *business to business*, c'était lécher des dossiers pour des appels d'offres dont l'existence et la non-existence auraient eu strictement la même valeur [0] sur un graphique portant l'intérêt humain vital en abscisse.

Oui, mais : il y avait ce confort des collègues, chaque jour ripolinant le vide pour en masquer le vertige. Surtout, tu reprenais le métro dans l'autre sens, et ils étaient là, eux deux. Ta compagne. Ton fils. Ta forteresse. Tu estimais qu'accepter cette ambition comme suffisante constituait une forme de sagesse.

Il n'est pas loin de huit heures. Le métabolisme est rassasié, mais le crâne ne veut pas en rester là. Il te dit que, au fond, il vaut toujours mieux partir sur une bonne impression.

Tu ne prends pas le temps de réfléchir davantage.

Tu laisses la vaisselle dans l'évier. Cela te ramène au tout dernier soir dans ton appartement, avant de déménager. Après avoir mangé une boîte de saucisses-lentilles et un yaourt nature, tu avais commencé à frotter la casserole sous l'eau. Tu t'étais arrêté en cours de route, les mains dans la mousse. À quoi bon ? Tu n'utiliserais plus jamais cette casserole. Le lendemain matin, tu fermerais la porte sur les lieux qui avaient …

Nom de Dieu, ce que tu avais envie d'être déjà sur l'autoroute à t'échapper vers le Sud !

Bref, c'étaient tes toutes dernières heures dans ce qui avait été chez vous, ta dernière nuit, même si tu n'allais pas fermer l'œil, le crépuscule ne semblait pas encore certain de gagner la partie, et toi, tu n'en pouvais déjà plus d'attendre le petit jour.

Tu avais appuyé du pied sur la pédale de la poubelle en aluminium, et tu avais balancé la casserole encore grasse avec des bulles de produit vaisselle dans le fond.

Chclong.

Ensuite :

Chding-ding-ding, les couverts.

Crriiiaac, le verre.

Plac, le couvercle de la poubelle en se refermant.

Ce soir-là, tu aurais pu dîner au restaurant, mais quelque chose t'avait retenu à l'appartement. Quelque chose entre la nostalgie, l'habitude et la hantise de trahir si tu prenais ton dernier repas ailleurs. Quelque chose te poussait à t'infliger ce purgatoire. Or c'est précisément pour échapper à ce quelque chose que tu déménageais. Loin. Trop raisonnablement loin (dans certaines situations, as-tu appris, torturer la syntaxe est l'unique moyen de pallier ses faiblesses à rendre la vérité).

Tu ôtes tes espadrilles, enfiles des tennis.

Tu regardes vers la porte. Tu comprends que tu t'es trompé : tout à l'heure, après l'apéro avec les voisins, tu n'as pas fermé à clef pour maintenir le monde à l'écart, mais pour te protéger de toi-même.

Pour t'empêcher de sortir.

Peut-être ne le savais-tu pas, mais le quelque chose en toi, lui, le pressentait. La vérité, c'est que le quelque chose du dernier soir à l'appartement a sauté clandestinement dans tes bagages quand tu as quitté Paris au volant de ta Megane bleue. Te voilà bien avancé.

Tu tournes la clef dans l'autre sens, sors, et tires simplement la porte sur toi.

Tu ne la fermeras plus jamais.

Tu portes un polo à manches longues. Pour là où tu vas, ça suffira bien. Une fois sur le trottoir, tu tournes à droite afin de ne pas passer devant chez Jeanne et Léon. Ça te fera un petit détour, mais le temps ne compte plus. Tu marches jusqu'au château d'eau, sans pouvoir t'empêcher de jeter un œil au cimetière adjacent. Toutes les fleurs ont grillé – sauf les fleurs en plastique.

De là, tu t'enfonces dans le chemin forestier grignoté par le lierre et les ronces, puis vires dans la sente qui serpente en plongeant vers le val. Tu ne vois pas encore le ruisseau que tu entends déjà le mélange de glougloutements clairs et d'échos graves contre la rocaille. C'est le petit torrent qui dégringole de la Roche aux Dames, une colline d'éboulis de caillasse grise et de rares résineux dont les grosses racines parfois émergent de la couche superficielle de terre, en pleine pente, pour s'y noyer à nouveau un demi-mètre plus loin. On se demande bien ce que jadis les dames pouvaient venir chercher ici. Sans doute pas ce qu'on se laisserait aller à penser. Si ça se trouve, c'est là que les villageoises venaient déféquer discrètement.

En moins de cinq minutes, te voilà au bord de l'eau, sur un banc de gravier, tout en bas de la ravine. De là, personne ne t'entendrait crier. Tu te déshabilles aussitôt en te demandant pourquoi. Es-tu si pressé ? La nuit n'est pas encore là. Tu gardes seulement ton slip.

L'eau du ruisseau est limpide. Tu distingues le sable, au fond, et des rochers couverts de mousse effilochée. Tu avances un pied. Elle est fraîche, mais pas froide. Ça te soulage. Jamais été ton truc, les souffrances inutiles, les exploits d'athlète, les triomphes de la volonté sur le corps, les dépassements de soi.

Tout ça, c'est bon pour le camp des métabolistes.

Le torrent s'élargit, à cet endroit, mais n'en reste pas moins vigoureux. Un peu plus loin, à une trentaine de mètres, il y a la cascade, celle où les gosses ont interdiction de venir jouer. Elle tombe sur une vasque de pierre brun clair où les truitelles viennent gober sur le soir.

Tu ne sais pas nager. Tu n'as jamais voulu apprendre. Une frayeur enfantine de l'eau que tu n'as pas su dépasser lorsque tu étais jeune. Ensuite, ce n'était pas à trente-cinq ans que tu allais te ridiculiser devant tout le monde à la piscine en prenant des cours au bout d'une perche. D'ailleurs, c'était toujours elle qui l'emmenait, lui, à la piscine. Ce qui leur est arrivé t'en semble encore plus insupportable.

Tu t'imagines aisément en train de couler, mais à eux, ça ne leur a servi à rien de savoir nager. Ils n'en ont sans doute même pas eu le loisir, et s'ils l'ont eu, cela n'aura que prolongé leur

Non, ils n'en ont pas eu le temps !

Tu décrètes que non.

Ne pas laisser à ton crâne le temps de former les images de ton enfant qui…

Tout comme il n'y a pas eu de salle de réanimation.

Ce n'est probablement pas arrivé comme tu pourrais l'imaginer, mais tu peux tout imaginer. Tout le pire. Puisque tu ne sais pas.

Tu voudrais ne pas savoir. Même le peu que tu sais, tu voudrais ne pas le savoir. Tout le reste découle de ce peu.

Tu avances d'un pas.

Tu as de l'eau aux mollets.

Un pas.

Jusqu'aux genoux.

Un pas.

Aux cuisses.

La fraîcheur du courant t'aiguillonne dans ta progression. Tu avances en écartant l'eau devant toi avec tes mains en pagaies, sans même chercher encore un appui que tu n'aurais plus trouvé.

Tu sens un vide sous ton pied, tu perds l'équilibre autant que tu te laisses tomber dans le torrent

qui va à la cascade,
[Tu noies le quelque chose.]
qui va à la rivière,
[Tu noies le tu-ne-sais-pas.]
qui va au fleuve,
[Un nouveau départ.]
à la mer.
[Oui, on peut dire cela.]

Mais ça ne s'est pas passé ainsi. Ça n'a pas voulu. Tu n'as pas osé. Ce n'est pas faute de l'avoir imaginé, ressassé. D'ailleurs, ce n'est pas toi qui as refusé. Le *quelque chose* n'aura pas voulu perdre son esclave. Tu as encore les yeux rouges, les joues humides. Tu décroches enfin les mains de l'évier. Tu avais perdu toute conscience de l'endroit où tu te trouvais. Un crachotement intempestif du vieux robinet t'a sorti du torrent quand l'eau t'arrivait au cou.

Te revoilà debout au milieu du séjour, encore chancelant, quand tu entends taper à la vitre. Tu hésites à jouer le mort. Trop tard. À travers la fenêtre te sourit la tête de la voisine, qui n'a pas quitté sa blouse à fleurs. Entre les carreaux à croisée de bois, elle élève un Tupperware telle une image pieuse. On dirait un vitrail.

De l'index, tu lui désignes la porte. Elle n'attend même pas que celle-ci soit complètement ouverte.

« Je me suis dit, pardi !, il ne va rien avaler. Les hommes, quand ça n'a pas une femme à la maison, ça mange n'importe quoi. » Tu penses au boucher dont elle a parlé une heure plus tôt. Un homme seul, ça mange n'importe quoi ou ça baigne le Petit Jésus.

« C'est pas grand-chose, dit-elle. Rien que de la soupe avec nos légumes.

— C'est très gentil. Vous savez quoi ? Je ne vais même pas feindre de refuser.

— Ben, vous voudriez pas me désobliger, tout de même.

— Certainement pas. »

Tu ne sais pas trop si tu dois lui proposer d'entrer…

Ou lui avouer que de la soupe, au mois d'août…

Ou lui faire la bise…

Ou la serrer un bon coup dans tes bras.

La dernière femme que tu as serrée dans tes bras, c'était ta compagne, elle avait trente-neuf ans et tu en es encore amoureux. Jeanne a les cheveux blancs serrés en chignon et des tavelures au dos des mains. Pourtant, voilà bien ce que tu aimerais, serrer quelqu'un dans tes bras. Qu'on te serre. Seulement, ce ne serait pas correct. Tu risquerais de te remettre à pleurer. Maintenant, la moindre émotion t'ouvre des vannes insoupçonnées. Tu n'écoutes plus les infos, tu ne lis plus les journaux. Il y a des guerres partout dans le monde, il crève des gamins partout dans le monde, des trains déraillent partout dans le monde, des bateaux coulent, des enfants se noient en vacances à dix mètres du bord. Tu ne prends plus de bain. Même une douche, au départ, c'était te couvrir de leur sang. Et que dire de la pluie ! Ce n'est pas tant qu'elle tombait ni des hauteurs d'où elle tombait. C'est là où elle allait quand elle ruisselait.

Bon Dieu ! Pendant des mois, tu as vécu dans un univers d'association d'idées à rendre dingue. À moins que ce ne fût l'inverse : les associations venaient parce que tu étais dingue. Tu lisais des vingt-trois sur toutes les plaques d'immatriculation des ambulances. Tu en avais pour vingt-trois euros dix à l'épicerie. Parfois, le soir, tu t'endormais sur le canapé, épuisé de ne plus savoir quoi faire de toi-même. Quand tu te réveillais, l'afficheur de la chaîne hi-fi marquait vingt-trois heures dix. Partout, le complot était partout.

Forcément, puisqu'il logeait tout entier dans ta tête. Cela a joué dans ta décision de plaquer Paris et ton boulot. Mais tu as pris tes précautions, avant de venir habiter à Peirailles. Précipitations moyennes annuelles inférieures à huit cents millimètres. Pas de pompes funèbres au village, pas de piscine. Pas de magasin Qualibio, l'enseigne où vous effectuiez vos courses. Pas de rue Malher – ni Mahler. Surtout, pas d'école au village. Elle a fermé voilà dix ans. Les gamins vont à la maternelle et à l'élémentaire du bourg voisin. Plus tard, ils ont quinze kilomètres en car pour le collège. La résilience n'est pas un vain mot, tu le sais, pourtant on ne t'a pas enfermé dans un camp de concentration, on ne t'a pas torturé. Mais les cris des enfants dans une cour d'école, c'est au-delà de tout ce que tu peux supporter. Pas leurs cris, bien sûr, mais leur joie de crier.

À plusieurs reprises, avant de déménager, tu es passé par inadvertance devant une école à l'heure de la récréation, hésitant entre la fuite éperdue, oreilles bouchées avec les poings, et l'attente mélancolique de la prochaine cloche, te gavant par procuration de bonheurs qui n'étaient plus tiens. Une fois, un agent de police, un jeune avec des cheveux ras, s'est approché. Il y a des flics partout en région parisienne, surtout près des écoles. Tu avais dû regarder la cour de récréation de façon un peu trop insistante.

« Monsieur, vous cherchez quelque chose ? »

Le flic ne s'était pas montré ouvertement soupçonneux.

Tu t'es quand même embrouillé.

« Oui… Non. »

Pourtant, c'était l'exacte vérité. Oui, tu cherchais quelque chose. Non, tu ne pouvais rien trouver.

« Vous êtes là depuis dix minutes, et…

— Ben, qui vous dit que mon gamin…

— Il est quinze heures, Monsieur. La sortie des classes, c'est dans une heure et demie.

— Je sais. »

Peut-être le flic a-t-il pensé que tu étais un père divorcé complotant pour kidnapper la fille dont la juge aux affaires familiales avait accordé la garde à ton ex-épouse. À moins que tu ne fusses pédophile. Ou fou. Peut-être dangereux, peut-être inoffensif. Tu ne bougeais pas.

« Vous pouvez me montrer vos papiers, Monsieur ? »

Tu as haussé les épaules et lui as donné ce qu'il réclamait de toi. Il a eu l'air surpris que tu accèdes à son exigence sans protester. L'agent a examiné ta carte d'identité, comparé avec ton visage, lu l'adresse indiquée sur ta carte – un secteur respectable, un bon placement que vous aviez effectué avant la naissance de votre enfant. Ça a dû le rassurer. Il t'a rendu ta carte.

« Il y a quelque chose qui ne va pas ? »

Ça a jailli. C'était la première fois que tu osais le confier à un inconnu. Bien sûr, tu n'allais pas sauter sur les gens dans la rue pour leur raconter tes malheurs, mais on ne s'imagine pas, avant d'y être confronté, le nombre d'occasions où il faut expliquer, sinon justifier que ta femme n'est pas avec toi, et vous avez des enfants ? et vous êtes marié ?

La première fois que tu as prononcé le mot « veuf », tu aurais voulu l'enfoncer dans le crâne de ton interlocuteur à coups de marteau. Aussi la première fois que tu as coché cette case sur un formulaire administratif. Depuis, tu l'as cochée à cent reprises. Nul ne peut imaginer le nombre de fois où il faut déclarer être veuf une fois que l'on est veuf, pour régler le juste-après, pour légaliser l'encore-après, pour justifier le maintenant, alors qu'il n'existe aucune case à cocher pour dire que l'on a perdu un enfant. On peut être parricide, infanticide, on peut être orphelin de père ou de mère, mais il n'existe même pas de mot pour nommer ce que tu es précisément.

Orphelin de ton fils.

Tu as compris que la seule façon de ne pas finir au poste pour les vérifications d'usage était de dire la vérité.

« Mon gosse, il était dans le vol de Fast Air pour la Grèce... il y a un an... Vous vous souvenez ?... Aux informations... »

Tu pensais que le jeune flic allait accuser le coup, mais il ne semblait pas certain de devoir te croire. Si c'était la vérité, te rendait-elle moins dangereux pour autant ?

« Bon, a-t-il fini par lâcher, ne traînez pas trop par ici, ça pourrait éveiller des soupçons. Rentrez chez vous, d'accord ?

— D'accord. »

Tu as poursuivi ton chemin de hasard. Tu n'avais pas remarqué que la cloche avait sonné, entre-temps. Qu'on n'entendait plus de rires, plus de cris, plus de cavalcades, plus de « Où sont les rennes ? Dans la forêt ! »

Au bout d'une centaine de mètres, tu t'es retourné. Le flic était penché à l'interphone de l'école. Tu imagines bien ce qu'il était en train d'annoncer : « Si vous le voyez à nouveau zoner devant l'établissement, appelez-nous. »

Une vieille dame te sourit, mais elle…

Attends ! Qui c'est, celle-là ?

Ha oui, la voisine… Elle était là, ce soir, avec son mari. Comment s'appellent-ils, déjà ?

Léon et… Jeannine. Voisine, Jeannine, ça rime.

Non. C'est Jeanne ! Voilà. Mais ça ne rime plus.

Pourquoi est-elle encore là ?

Ha oui, la soupe.

Elle regarde par-dessus ton épaule, comme cherchant dans ce qu'elle entrevoit du séjour et de la cuisine l'explication à tes torpeurs soudaines – y a-t-il une corde attachée à une poutre ? un couteau à longue lame sur le rebord de l'évier ? qui sait ? de la drogue (saurait-elle distinguer du sucre de la coke ?), ou bien une jeune personne dénudée que tu aurais escamotée lors de leur visite ?

Tu tends les mains pour recevoir le Tupperware.

« Merci. Vous avez raison, je n'avais pas trop le courage de me…

— Ta-ta-ta ! Il faut bien manger. Qu'il pleuve, qu'il vente, que ce soye la fête ou la peine, il faut manger, c'est ce que j'ai toujours dit.

— Vous avez raison.

— Profitez tant que c'est chaud, et reposez-vous, ça ira mieux. »

Elle repart en trottinant, sans un regard en arrière. Que va-t-elle raconter à son mari ? La facilité te pousserait à penser que tu vas en prendre pour ton grade (« Sûr qu'y ne tourne pas bien rond, le nouveau voisin. L'est pas méchant, mais c'est quand même un drôle de paroissien. ») Or non, tu ne crois pas, justement parce qu'elle a sans doute compris… Quoi ? Tu ne sais pas. Pareil que pour le boucher. Te voilà sans doute rangé dans la même catégorie que le baigneur de Petit Jésus. C'est piteux, pourtant ça te donnerait presque envie d'en rire. Heureusement, il n'y a pas de bistro non plus, à Peirailles, ça vous évitera de pousser jusqu'à la fermeture ensemble, avec le boucher, et de rentrer en zigzags, en gueulant *La Digue du cul* à travers le village endormi, lui en rires, toi en pleurs, ou l'inverse.

Huit heures au clocher. Probable que tu ne verras plus personne pour aujourd'hui (idiot ! Le facteur excepté, personne ne toque chez toi), alors tu fermes à nouveau la porte à clef. C'est stupide, les risques de cambriolage sont évalués à un pour dix mille habitants et par an dans le secteur, mais c'est une décision que tu prends.

Tu ôtes le couvercle du Tupperware tiède. Il n'exhale pas la fumée ondulante que tu espérais. Cependant, l'odeur suffit à te réveiller les papilles. Pommes de terre, carottes, poireaux, haricots, sel, poivre, crème fraîche, et un poil de gras de lard frit : Jeanne t'a donné à voix basse la recette d'un secret trop simple pour que les alchimistes le saisissent. Tu bois une gorgée en portant directement le Tupperware à tes lèvres, ouvrant grand les yeux, comme pour t'aider à mieux sentir.

Nom de Zeus ! De ta vie, tu n'as jamais goûté une soupe aussi délicieuse. Même belle-maman, avec son minestrone servi dans la soupière à liseré d'or, peut se rhabiller. Ça vaut le coup de sortir une casserole pour réchauffer trois minutes à feu très doux. De passer un coup d'éponge sur la table avant d'y déposer une assiette creuse. De découper une tranche de pain, de la mettre à griller. Tu n'es pas certain, depuis deux ans, d'avoir eu autant envie de quelque chose.

Tu souris à peine. Est-ce que tu te forces un peu à sourire pour te convaincre que la soirée est belle ou, au contraire, est-ce que tu essaies en vain de t'empêcher de sourire parce que ce ne serait pas très correct, non, de retrouver le sourire pour une soupe ? Tu ne sais pas. Mais la soupe est bonne, c'est un constat. Tu casses le pain grillé, trempes les morceaux pendant une seconde, et mâches en jouissant de leur craquement dans ta bouche. Tu hésites à déboucher une bouteille de vin. Tu crains de la vider façon boucher. Donc, finalement, non, bien que ça te coûte.

Tu as cette drôle d'idée que tu as eu raison de déménager, ne serait-ce que pour cette soupe.

Tu termines la casserole, nettoies l'assiette avec le pain. Tu te vautres sur ta chaise. Et maintenant, quoi ? Tu as le ventre plein, ça t'a vidé la tête. Dégrisé. Le thermomètre doit encore afficher vingt-cinq degrés. Le village se situe à peine à trois cents mètres d'altitude.

Tu passes la vaisselle sous l'eau, la dépose sur le séchoir, puis sors dans le jardin (quelle idée d'avoir fermé à clef…), ignorant les plantes en souffrance. Tu franchis le portillon et marches au-delà du château d'eau en observant, à demi aveuglé, le déclin du soleil devant toi. Tu dépasses le cimetière. T'enfonces dans le chemin forestier bordé de chênes-lièges dont plus personne ne récolte l'écorce (un coin à cèpes pour l'automne ?). À des oliviers ensauvagés pendent de minuscules fruits oblongs d'un vert terne. Tu vires dans la sente qui part à main droite. Tu te retrouves dans l'ombre, prenant garde à ne pas déraper dans la pente de terre sèche et de petits cailloux qui roulent sous tes semelles.

Les derniers piaillements des oiseaux dissimulent un temps le gargouillis que tu espères, puis, entre deux trilles de merle, à l'instant où ton pied ripe sur le chemin, tu le distingues. Tu te rattrapes à une branche, et tu tends l'oreille. On dirait un gros oiseau que l'on chatouille – c'est le torrent qui saute de pierre en pierre depuis la Roche aux Dames.

Encore trois minutes à descendre, attentif à ne pas te casser la figure. Te voilà en bas, devant une sorte de plage de graviers déposés par une crue d'orage. En cette fin d'été, le flot s'y apaise, aplanit. Aplatit. Apitoie. Drôle de moment pour des réminiscences scolaires.

La soupe, la promenade : tu as chaud. À ta grande surprise, tu te sens plutôt en forme. En tout cas mieux que jadis quand tu revenais crevé du boulot – l'antienne du lundi au jeudi, car pour le vendredi, tu avais négocié d'œuvrer en télétravail.

Tu ôtes ton polo. Pourquoi t'arrêter en si bon chemin ? Nul ne te verra, et il n'y a pas de moustiques. Tu n'as jamais été exhibitionniste. Plutôt prude, même. Elle s'en moquait parfois, quand tu attrapais précipitamment un slip si elle entrait impromptu à la salle de bains.

« On dirait une nana !, disait-elle.

Ou : « Je l'effraie ? » – elle ne te désignait pas toi, bien sûr, mais seulement une partie de toi.

Tu jettes tes vêtements sur un buisson garni de petites boules noires. L'eau est claire, profonde de plus d'un mètre avant un grand trou où tu ne serais pas certain d'avoir pied. Tu entends vers l'aval rugir la cascade dont l'écho joue au flipper entre les parois de la gorge. Rien de très spectaculaire : une chute haute comme deux hommes, sur une vasque rocheuse. Juste de quoi se rompre le cou. Une pancarte rouillée, à peine lisible, plantée sur un piquet en bois pourri, annonce : « AAPPMA de l'Usselat. Pêche interdite. » Une autre, rouge, à l'entrée du chemin, prévenait : « Chasse gardée. » Il y avait des trous de chevrotine dedans.

Tu es nu. Tu te rends parfaitement compte que, malgré ton cartésianisme revendiqué, tu agis comme si tu accomplissais un rituel magique pour déjouer la damnation. Juguler le *tu-ne-sais-pas*. Le *quelque chose* invisible. À la messe, tu ne comprenais rien. Tu n'entrais dans les églises que pour les enterrements et les mariages (des autres). La spiritualité, en général : pas ton truc. D'ailleurs, votre enfant n'était pas baptisé. Juste déclaré en mairie. Enfant républicain, citoyen. Surtout, enfant nourri, câliné, abrité, protégé. Aimé toujours. Que faut-il de plus pour faire un homme ? Sûrement pas les foutaises vaniteuses de Rudyard Kipling ! Ne serait-on humain qu'à pisser sang et sueur ? Tomber et se relever : héroïsme puéril. Philosophie militaire. Ce gros connard avait-il seulement pris l'avion ?

La douleur et la solitude donnent-elles le droit d'être vulgaire ? Légitiment-elles la mauvaise foi ?

T'en fous !

Plus pratique que de ne pas savoir. Le savoir est une plaie, l'ignorance est une plaie.

La seule chose que tu sais, comme disait l'autre, c'est que tu ne sais pas. Qui était-ce, l'autre, déjà ?

Peut-être bien Socrate. Ou Pierre Desproges ?

Socroges. Picrate. Arrive un moment où tout cela se vaut. Toutes les cotations sont suspendues et la bourse ne rouvrira plus. La vie, as-tu appris, n'est pas une balance entre la joie et la tristesse, sur laquelle le poids porté sur un plateau ferait automatiquement se relever l'autre. La tristesse ne donne droit qu'à la tristesse, et la joie n'est garante que d'elle-même. C'est pour ça que tu emmerdes les prédictologues de tout poil. Ce soir, tu donnes congé à *Tu-ne-sais-pas* et à *Quelque chose*. Tu désavoues leur abus de pouvoir.

L'eau est fraîche, pas tout à fait froide. En vacances, naguère, tu t'y serais jeté avec un grand splash – là où tu aurais eu pied –, matamore d'opérette, criant à ton fiston de te rejoindre, lui qui savait nager. Tu aurais battu des bras pendant cinq secondes, nom d'un chien !, au début, elle est froide, et après… elle est carrément gelée ! Une demi-minute plus tard, tu serais ressorti en poussant des exclamations de vaincu hilare – papa déconfit pour de rire, courageux quand même.

Tu t'agenouilles sur la rive. Un mélange de sable et de vase se presse entre tes orteils. Ce doit être bon pour la peau. Aux rives du torrent s'accrochent des fougères, des mousses au plus près du bord, des herbacées aux longues feuilles coupantes. Plus haut poussent des cannes d'ombellifères, et même un pied d'iris. Une bande d'araignées d'eau remonte le courant en sautillant. Un caillou t'agace la plante des pieds. Tu ne bouges pas, peut-être est-ce un point de massage shiatsu, tu n'as jamais rien compris non plus à ces chinoiseries qui la passionnaient, elle.

Tu essaies de ralentir le cortège de tes pensées. Ta tête, depuis tous ces mois, est devenue un écran de chaîne d'info en continu, avec un bandeau *breaking news* qui sans cesse défile. Il te faut éteindre le son aussi. Tu te forces à regarder vers le trou d'eau, sous la surface. Quand tu respires plus lentement, tu sens une masse dans ta poitrine, et ta peau qui se tend à chaque souffle. Il fait étroit en toi. Une ombre passe dans le trou d'eau en remontant le courant. Ce n'est qu'un poisson, mais c'est un signe de vie.

Encore à genoux, tu places tes mains en coupe. Tu es presque stupéfié de constater qu'elles sont deux, tout comme elle et lui étaient deux. Tu avais une main pour chacun, une pour lui, une pour elle. Quand vous vous promeniez ensemble, au Jardin des plantes, tu te plaçais toujours entre eux deux, tenant chacun par une main. Rien ne te rendait plus heureux (sauf quand il lâchait ta main pour aller se placer au côté de sa maman, mais alors tu l'embrassais, elle, parce que si ton fils aimait autant sa maman, c'était bien qu'elle le méritait, la femme de ta vie, c'est ce que tu essayais de lui suggérer avec ton baiser, et de toute façon, tu aurais bientôt ta revanche en désignant à ton garçon les dinosaures par leur nom, dans la Grande Galerie de l'Évolution). Si l'on regarde attentivement sa paume, on peut y distinguer le contour d'un visage. Les doigts, bien sûr, dressent une crête de cheveux punks, mais, pour le reste, le renflement à la base de l'index et de l'auriculaire seraient des yeux, la longue bosse du métacarpien du majeur, au creux de la paume, serait le nez. C'est flou, bien sûr, cependant pas plus que le reste du réel, qui, au vrai, tient pour l'essentiel à ce qu'on y projette. Pourquoi pas deux visages dans deux paumes ?

Lentement, tu abaisses tes poignets, jusqu'à ce que le revers de tes mains effleure l'eau. Un frisson te remonte le long des bras. L'eau pénètre entre tes doigts pour remplir la coupe de tes paumes.

Elle est parfaitement transparente. Seuls les remous t'empêchent de distinguer chaque grain de sable jusque dans le fond du torrent. Il y a aussi le jour qui maintenant décline, et des bouts de bois coulés auxquels s'accrochent des filaments vert sombre. Près de la rive opposée, au bout d'une tige de ronce qui frôle la surface, des alevins pas plus longs qu'un ongle et pareillement translucides espèrent un taux de survie supérieur à un pourcent. *Là-bas* – tu ne sauras jamais exactement où –, un pourcent aurait laissé une maigre possibilité. Deux, trois passagers. Un membre d'équipage. Les alevins tragiques ont de la chance. Tu sens le courant contre tes paumes tel un tissu léger et ondulant. Une feuille jaune encore, piquée de marron, dentelée par la mâchoire d'un insecte, dérive au-dessus de tes mains. Elle ne parviendra pas *là-bas* tout entière, mais dissoute en milliards de micro-éléments, de particules de l'éternelle recomposition.

Tu ramènes tes mains, les soulèves ; elles dégoulinent.

Plic, ploc.

Tu les portes à ton visage, à tes lèvres.

Tu ne bois pas.

Tu relâches l'eau qui file entre tes phalanges à la façon du sable de la clepsydre.

Maintenant, tu te redresses et tu entres dans l'eau pour de bon, même si tu ne sais pas nager.

Tu y pénètres jusqu'à la ceinture, jusqu'à la limite du trou au milieu du lit. Elle est vraiment fraîche. Une perte d'équilibre suffirait à… Les rochers du fond sont glissants. Tu as besoin de ce danger pour entrer dans ton rôle. Pour te légitimer auprès d'eux.

À nouveau, de tes mains, tu cueilles l'eau tel un bouquet et, avec au ciel le parme soudain des nuages aux derniers rayons du soleil fatigué, avec les vaisseaux de ta peau par en dessous, cette eau prend la teinte d'une bolée de pétales de rose. De ceux que l'on jette depuis les bateaux pour les disparus en mer.

Tu embrasses la surface de cette eau. Plusieurs fois.

Sa fraîcheur contre la tiédeur de tes lèvres. Tu l'embrasses. Au-dessus de ta main droite, puis au-dessus de ta main gauche.

Tu sens les larmes qui reviennent et, pour la toute première fois, tu n'as pas ce réflexe idiot de chercher à les retenir. L'eau douce et l'eau salée se mélangent.

Plic, ploc.

Alors, non, tu n'ouvres pas les mains. Tu les redescends doucement au niveau du ruisseau. Cette eau à ton eau mêlée, tu la redéposes au fil du torrent, avec toute la tendresse dont tu es capable.

Avec tout ce que tu sais d'amour.

Tu ouvres les mains, lentement, à la façon dont s'ouvre la coupole d'un télescope. Tu libères l'eau. Tu la rends au courant, à sa pente.

Alors l'eau s'en va, reprend son voyage.

Et tandis que tu sors du ruisseau à reculons, l'eau coule, tandis que tu te rhabilles, que tu remontes le chemin, l'eau coule, emportant le message muet de tes lèvres, le seul que tu puisses délivrer,

l’eau coule,
vers eux
vers *là-bas.*

Où que ce soit.

Couverture

Fabienne Quinsac, *Glissement* (détail)
acrylique sur toile, 46 x 38 cm

L'édition de cet ouvrage a été soutenue par la région Auvergne-Rhône-Alpes

La Région
Auvergne-Rhône-Alpes

Ouvrage imprimé par IK ZIP en février 2022
pour le compte des Éditions le Réalgar
Dépôt légal : 1er trimestre 2022
ISBN : 978-2-491560-37-9
www.lerealgar-editions.fr